ESTAMOS BEM

ESTAMOS BEM

Nina LaCour

TRADUÇÃO
REGIANE WINARSKI

PLATA
FORMA 21

TÍTULO ORIGINAL *We are okay*
© 2017 by Nina LaCour
Originalmente publicado por Dutton, uma divisão da Penguin Random House Inc. Publicado mediante acordo com Pippin Properties Inc. através de Rights People, Londres.
© 2017 VR Editora S.A.

Plataforma21 é o selo jovem da VR Editora

EDIÇÃO Fabrício Valério e Flavia Lago
EDITORA-ASSISTENTE Natália Chagas Máximo
PREPARAÇÃO Lígia Azevedo
REVISÃO Raquel Nakasone e Mariana Delfini
DIREÇÃO DE ARTE Ana Solt
DIAGRAMAÇÃO Pamella Destefi
PROJETO GRÁFICO DE CAPA Samira Iravani
ILUSTRAÇÃO DE CAPA © 2017 by Adams Carvalho

Dados Internacionais de Catalogação na Publicação (CIP)
(Câmara Brasileira do Livro, SP, Brasil)

LaCour, Nina
Estamos bem / Nina LaCour; tradução Regiane Winarski. — São Paulo: Plataforma21, 2017.

Título original: We are okay
ISBN: 978-85-92783-34-1

1. Ficção juvenil 2. Ficção norte-americana I. Título.

17-05755   CDD-028.5

Índices para catálogo sistemático:
1. Ficção: Literatura juvenil   028.5

Todos os direitos desta edição reservados à
VR EDITORA S.A.
Via das Magnólias, 327 - Sala 1 | Jd. Colibri
CEP 06713-270 | Cotia | SP
Tel.| Fax: (+55 11) 4612-2866
plataforma21.com.br | plataforma21@vreditoras.com.br

*Para Kristyn, agora mais do que nunca,
e à memória do meu avô, Joseph LaCour,
para sempre no meu coração*

capítulo um

ANTES DE IR EMBORA, HANNAH perguntou se eu tinha certeza de que ficaria bem. Ela permanecera uma hora a mais após o fechamento das portas para as férias de inverno, até que todos, exceto os zeladores, tivessem ido embora. Dobrara as roupas lavadas, mandara um e-mail, procurara no enorme livro de psicologia as respostas da última prova para ver se tinha acertado. Ela já não sabia mais como matar o tempo, então, quando eu disse "Sim, vou ficar bem", não teve escolha a não ser tentar acreditar em mim.

Eu a ajudei a carregar a mala para o andar de baixo. Ela me deu um abraço apertado com ares de oficial e disse:

— Vamos voltar da casa da minha tia no dia 28. Pegue o trem e poderemos ir a peças da Broadway.

Concordei, sem saber se realmente pretendia fazer aquilo. Quando voltei para o nosso quarto, vi que ela havia deixado um envelope fechado escondido sobre meu travesseiro.

Agora estou sozinha no prédio, olhando meu nome escrito na bela letra cursiva de Hannah e tentando não deixar esse pequeno objeto me destruir.

Acho que tenho uma coisa com envelopes. Não gosto de abri-los. Eu não tenho nem vontade tocar neles, mas fico dizendo para mim mesma que vai ser uma coisa boa. Um cartão de Natal. Talvez com uma mensagem especial dentro, ou só com uma assinatura. De qualquer maneira, inofensivo.

Os alojamentos ficam fechados no mês de férias, mas meu orientador me ajudou a conseguir ficar aqui. A administração não gostou. "Você não tem família nenhuma?", me perguntaram. "Ou amigos com quem possa ficar?" "É aqui que eu moro agora", eu disse. "É onde vou morar até me formar." Eles acabaram se rendendo. Um bilhete da gerente de serviços residenciais apareceu embaixo da minha porta dois dias atrás, passando o contato do zelador que estaria aqui durante as férias. *Fale com ele se precisar de qualquer coisa*, ela tinha escrito.

Coisas de que eu preciso: o sol da Califórnia, um sorriso mais convincente.

Sem as vozes de todo mundo, sem as TVs dos quartos, sem as torneiras abertas e as descargas, sem o zumbido e o apito dos micro-ondas, sem os passos e as portas batendo, sem todos os sons de vida, esse prédio é um lugar novo e estranho. Estou aqui há três meses, mas não tinha reparado no barulho do aquecedor até agora.

É um estalo, um sopro de calor.

Estou sozinha esta noite. Amanhã, Mabel chegará para ficar por três dias, depois ficarei sozinha outra vez, até meados de janeiro. "Se *eu* fosse passar um mês sozinha", disse Hannah ontem, "começaria a meditar. Está provado clinicamente que baixa a pressão arterial e aumenta a atividade cerebral. Ainda ajuda o sistema imunológico." Alguns minutos depois, ela tirou um livro da mochila. "Vi na livraria outro dia. Pode ler primeiro se quiser." Hannah jogou o livro na minha cama. Era uma coletânea de ensaios sobre solidão. Sei por que ela sente medo por mim. Eu apareci nesse quarto duas semanas após a morte do vovô. Eu entrei, como uma estranha atordoada e selvagem, mas agora sou uma pessoa que ela conhece, e preciso continuar sendo. Por ela e por mim.

Só uma hora se passou e já enfrento a primeira tentação: o calor dos cobertores e da cama, dos meus travesseiros e da colcha de pele falsa que a mãe de Hannah deixou aqui depois de uma visita de fim de semana. Todos estão dizendo: *Deite. Ninguém vai saber se você passar o dia inteiro na cama. Ninguém vai saber se ficar com o mesmo moletom o mês todo, se você fizer todas as refeições vendo TV e limpar a boca na camiseta. Vá em frente, escute a mesma música sem parar, até o som perder o sentido. Você pode passar o inverno dormindo.*

Só tenho que encarar a visita de Mabel, depois posso mesmo fazer tudo isso. Olho o Twitter até minha vista ficar borrada e caio na cama como um personagem de Oscar Wilde. Eu poderia arrumar uma garrafa de uísque (apesar de ter prometido para o vovô que não faria isso) para me esquentar, deixando os limites do quarto difusos e soltando as lembranças das jaulas.

Talvez eu o ouvisse cantar de novo agora que havia silêncio. Era disso que Hannah estava tentando me salvar.

A capa da coletânea de ensaios é azul. Brochura. Abro na epígrafe, uma citação de Wendell Berry: *No círculo dos humanos, estamos cansados de lutar e não temos descanso.* Meu círculo particular de humanos fugiu do frio cruel para as casas dos pais, para lareiras estalando ou destinos tropicais onde vão posar de biquíni e gorro de Papai Noel e desejar um feliz Natal para os amigos. Vou fazer o melhor possível para confiar no sr. Berry e ver sua ausência como uma oportunidade.

O primeiro ensaio é sobre a natureza. Um escritor do qual nunca ouvi falar passa as páginas descrevendo um lago. Pela primeira vez em muito tempo, relaxo com a descrição de um ambiente. Ele narra as ondulações, o brilho da luz na água, as pedrinhas na margem. Fala sobre flutuação e ausência de peso, coisas de que entendo. Eu encararia o frio lá fora se tivesse a chave da piscina coberta. Se pudesse começar e terminar cada dia desse mês solitário nadando, ia me sentir bem melhor. Mas não posso. Então, eu leio. O escritor sugere que pensemos na natureza como uma forma de solidão. Diz que lagos e florestas residem na nossa mente. "Feche os olhos", ele diz, e "vá para lá."

Eu fecho. O aquecedor desarma. Espero para ver o que tomará conta de mim.

Lentamente, vem. Areia. Grama e vidro na praia. Gaivotas e maçaricos-brancos. O som e, *mais rápido,* a visão de ondas quebrando, recuando, desaparecendo no mar e no céu. Abro os olhos. É demais.

A lua é uma lasca brilhante na janela. O abajur da minha mesa, virado para uma folha de papel, é a única luz em todos os cem quartos do prédio. Estou fazendo uma lista para depois que Mabel for embora.

ler a versão on-line do New York Times *todas as manhãs*
comprar comida
fazer sopa
ir de ônibus para o centro/a biblioteca/um café
ler sobre solidão
meditar
assistir a documentários
ouvir podcasts
encontrar músicas novas

Encho a chaleira elétrica na pia do banheiro e preparo um macarrão instantâneo. Enquanto como, faço o download de um audiolivro sobre meditação para principiantes. Aperto o play. Minha mente vagueia.

Mais tarde, tento dormir, mas os pensamentos ficam voltando. Tudo rodopia: Hannah falando sobre meditação e peças da Broadway. O zelador e se vou precisar de alguma coisa dele. Mabel chegando aqui, onde eu moro agora, voltando a ser parte da minha vida. Nem sei como vou conseguir dizer *oi*. Não sei como minha cara vai ficar: se vou conseguir sorrir ou mesmo se deveria fazer isso. E, durante todo esse tempo, o aquecedor arma e desarma, cada vez mais alto conforme eu fico mais cansada. Acendo o abajur ao lado da cama e pego o livro de ensaios. Poderia tentar fazer o exercício de novo, em chão firme desta vez. Eu me lembro de sequoias tão gigantescas que era preciso cinco de nós, com os braços esticados, para envolver só uma delas. Embaixo das árvores havia samambaias, flores e terra úmida e preta. Mas não confio na minha mente para ficar naquele bosque e, agora, do lado de fora, há árvores cobertas por neve em volta das quais nunca coloquei os braços. Neste lugar, minha história só tem três meses. Vou começar aqui.

Saio da cama, coloco uma calça de moletom por cima da legging e um suéter pesado por cima da blusa de gola alta. Arrasto a cadeira até a porta e pelo corredor na direção do elevador, onde entro e aperto o botão para o último andar. Quando chego, eu a carrego até a enorme janela da torre, onde está sempre silencioso, mesmo quando o alojamento está cheio. Fico sentada lá, com as mãos nos joelhos e os pés no tapete.

Vejo a lua lá fora, os contornos das árvores, os prédios do campus, as luzes que pontuam o caminho. Tudo isso é minha casa agora, e continuará sendo depois que Mabel for embora. Absorvo a quietude disso, a verdade pungente. Meus olhos ardem, a garganta está apertada. Se ao menos eu tivesse alguma coisa para suavizar a solidão. Se ao menos "solitária" fosse uma palavra mais precisa. Deveria parecer bem menos bonita. Mas é melhor enfrentar isso agora, para não ser pega de surpresa mais tarde, para não me ver paralisada e incapaz de encontrar o caminho até mim mesma novamente.

Inspiro. Expiro. Mantenho os olhos abertos e virados para as novas árvores.

Sei onde estou e o que isso significa. Sei que Mabel chegará amanhã, quer eu queira ou não. Sei que estou sempre sozinha, mesmo quando cercada de pessoas, então deixo o vazio entrar. O céu está azul-escuro, cada estrela, clara e brilhante. Sinto as palmas das minhas mãos quentes nas pernas. Existem muitas formas de estar sozinha. Sei que isso é verdade. Inspiro (estrelas e céu). Expiro (neve e árvores). Existem muitas formas de estar sozinha, e da última vez não foi assim.

A manhã dá uma sensação diferente. Eu durmo até quase dez horas, quando ouço a picape do zelador embaixo da minha janela, limpando a neve da entrada. Tomo banho e me visto; a luz do dia entra pelo vidro. Escolho uma playlist e ligo as caixas de som de Hannah no computador. Em pouco tempo, um violão acústico soa no quarto, seguido de uma voz de mulher. Com a chaleira elétrica na mão, abro a porta a caminho da pia do banheiro. O som me acompanha até a esquina. Deixo a porta do banheiro aberta. Já que sou a única aqui, posso muito bem fazer esses espaços parecerem meus.

Coloco água na chaleira. Olho meu reflexo. Tento sorrir como deveria fazer quando Mabel chegar. É um sorriso que passa ao mesmo tempo boas-vindas e lamento. Com um significado por trás, que diz tudo que preciso dizer sem nenhuma palavra. Fecho a torneira.

De volta ao quarto, coloco a chaleira na tomada e pego a tigela amarela, virada para secar desde a noite de ontem. Coloco a granola e o resto do leite do frigobar enfiado entre a mesa de Hannah e a minha. Vou tomar chá preto no café da manhã de hoje.

Em sete horas e meia, Mabel vai chegar. Vou até a porta para olhar o quarto da forma como ela vai ver. Felizmente, Hannah botou um pouco de cor nele, mas basta um momento para ver o contraste entre o lado dela e o meu. Fora minha planta e as tigelas, até minha mesa está vazia. Vendi todos os livros do semestre passado há dois dias, e não quero que Mabel veja a coletânea sobre solidão, então guardo-a no armário, onde tem bastante espaço. Quando me viro, dou de cara com o pior de tudo: meu quadro de avisos sem nada. Talvez não possa fazer muita coisa quanto ao meu sorriso, mas quanto a isso posso fazer.

Já entrei em quartos suficientes no alojamento para saber como devem ser. Passei tempo o bastante olhando para a parede de Hannah. Preciso de trechos de música e de livros. Preciso de fotos minhas e de celebridades, de recordações como ingressos de shows e provas de piadas internas. Não tenho essas coisas, mas posso criar com papel, caneta e a impressora que Hannah e eu dividimos. Ouvimos a mesma música toda manhã. Escrevo o refrão de cabeça com caneta roxa e corto o papel num quadrado em volta das palavras.

Passo um tempão escolhendo uma foto da lua na internet.

Keaton, cujo quarto fica duas portas depois do nosso, tem nos ensinado sobre cristais. Ela tem uma coleção na janela, sempre cintilando sob a luz. Encontro o blog de uma mulher chamada

Josephine, que explica as propriedades curativas de pedras e como usá-las. Vejo imagens de pirita (proteção), hematita (pés no chão), jade (serenidade). A impressora colorida estala e zumbe. Eu me arrependo de ter vendido meus livros tão rápido. Havia post-its e rabiscos de lápis em várias páginas. Em história, aprendemos sobre o movimento Arts & Crafts, e havia gostado de muitas de suas ideias estéticas. Procuro William Morris e leio seus ensaios, tentando encontrar minhas citações favoritas. Copio algumas, usando uma caneta de cor diferente para cada. Também as imprimo com fontes variadas, para o caso de ficarem melhores impressas. Procuro uma sequoia parecida com a das minhas lembranças e acabo assistindo a um minidocumentário sobre seu ecossistema, no qual aprendo que, durante o verão, as sequoias da Califórnia pegam a maior parte de sua água na neblina e oferecem abrigo para um tipo de salamandra que não tem pulmão e respira pela pele. Imprimo a foto desse animal sobre um musgo verde e, quando termino, acho que tenho o suficiente.

Pego umas tachinhas de Hannah e arrumo tudo o que imprimi e escrevi, depois dou um passo para trás e olho. Parece esticado demais, novo demais. Cada papel no mesmo tom de branco. Não importa que as citações sejam interessantes e as fotos, bonitas. Parece um gesto desesperado.

Agora já são quase três horas e desperdicei todo esse tempo. Está ficando difícil respirar, porque seis e meia não está mais longe, no futuro. Mabel me conhece melhor do que qualquer pessoa no mundo, apesar de não termos nos falado nesses quatro meses. A maioria das mensagens de texto que ela me enviou ficou sem resposta, até que Mabel acabou parando de escrever. Não sei como é a vida dela em Los Angeles. Ela não sabe de Hannah nem das matérias que fiz ou se ando dormindo direito. Mas só precisará dar uma única olhada no meu rosto para saber como eu estou. Tiro a papelada do quadro e carrego pelo corredor até o banheiro da outra ala, onde jogo no lixo.

Não tenho como enganá-la.

As portas do elevador se abrem, mas eu não entro. Não sei por que nunca me preocupei com elevadores antes. Agora, à luz do dia, tão perto da chegada de Mabel, percebo que, se ele quebrasse, se eu ficasse presa lá dentro sozinha, se meu celular estivesse sem serviço, se não houvesse ninguém do outro lado do botão de emergência, eu ficaria presa por muito tempo até o zelador pensar em me procurar. Dias, pelo menos. Mabel chegaria e ninguém abriria a porta. Ela bateria e eu nem a ouviria. Acabaria voltando para o táxi e esperando no aeroporto por um voo que a levasse de volta para casa.

Mabel pensaria que ela devia ter imaginado tudo aquilo. Que eu a tinha decepcionado de novo. Que estava me recusando a encontrá-la.

Vejo as portas se fecharem e vou para a escada.

O táxi que eu chamei está esperando lá fora, com o motor ligado, e deixo uma trilha de gelo esmagado saindo da porta do alojamento, agradecida pelas botas de Hannah, que ficam só um pouco pequenas e que ela insistiu em me emprestar quando a primeira neve caiu. ("Você não faz ideia", ela disse.) O motorista do táxi sai para abrir a porta para mim. Aceno em agradecimento.

— Para onde? — ele pergunta quando estamos os dois dentro do carro, com o aquecimento a toda, respirando o cheiro de colônia e café no ar parado.

— Para o Stop and Shop — respondo, são as minhas primeiras palavras em 24 horas.

As luzes fluorescentes do mercado, todos os clientes e seus carrinhos, os bebês chorando, a música de Natal, tudo isso seria demais se eu não soubesse exatamente o que comprar. Mas essa parte é fácil. Pipoca de micro-ondas com manteiga. Salgadinhos. Trufas de chocolate ao leite. Chocolate em pó. Refrigerante.

Quando volto para o táxi, estou com três sacolas cheias de comida, o bastante para uma semana, ainda que Mabel só vá ficar três dias por aqui.

A cozinha comunitária fica no segundo andar. Eu moro no terceiro andar e nunca a usei. Penso nela como o lugar em que garotas fazem brownies para as noites de filmes ou como um ponto de encontro para aqueles grupos de amigos que querem dar um tempo na comida do refeitório. Abro a geladeira e vejo que está vazia. Devem ter limpado antes das férias. As instruções mandam botar nossas iniciais nas coisas, além do número do quarto e da data. Apesar de eu ser a única aqui, pego a caneta e a fita adesiva. Em pouco tempo, minha comida ocupa duas das três prateleiras.

De volta ao quarto, arrumo as guloseimas na mesa de Hannah. Parece abundante, como eu queria. Então meu celular vibra com uma mensagem de texto.

Cheguei.

Não são nem seis horas ainda. Eu devia ter pelo menos mais meia hora. Não consigo evitar a tortura de olhar todas as mensagens que Mabel mandou antes dessa. Perguntando se estou bem. Dizendo que está pensando em mim. Querendo saber onde estou, se estou com raiva, se podemos conversar, se ela pode me visitar, se sinto saudade dela. *Lembra do Nebraska?*, diz uma delas, uma referência a um plano que nunca pretendemos realizar. Elas continuam, uma série de mensagens não respondidas que me enche de culpa, até que sou arrancada do sentimento quando o celular toca na minha mão.

Levo um susto e atendo.

— Oi — ela diz. É a primeira vez que escuto sua voz desde que tudo aconteceu. — Estou aqui embaixo morrendo de frio. Posso entrar?

De repente, estou na porta do saguão. Só uma vidraça nos separa, e minha mão treme quando a estico para girar a maçaneta. Toco no metal e olho para ela. Está soprando as mãos para aquecê-las, virada de lado. Mas então nossos olhares se cruzam, e não sei como achei que conseguiria sorrir. Mal consigo abrir a porta.

— Não sei como vocês conseguem viver nesse frio — diz Mabel ao entrar.

Está realmente gelado.

Eu digo:

— No meu quarto está mais quente.

Eu a ajudo com uma bolsa, e subimos de elevador.

A caminhada pelo corredor até minha porta é silenciosa. Quando nós entramos no quarto, Mabel coloca a mala no chão e tira o casaco.

Aqui está minha melhor amiga, no meu quarto, a cinco mil quilômetros de onde era nossa casa.

Ela vê as guloseimas que comprei. Tudo do que mais gosta.

— Parece que, pra você, tudo bem eu estar aqui — diz Mabel.

capítulo dois

MABEL FINALMENTE SE SENTE AQUECIDA. Joga o gorro na cama de Hannah e desenrola o cachecol vermelho e amarelo. Eu faço uma careta por causa da familiaridade de tudo. Todas as minhas roupas são novas.

— Eu pediria para você me mostrar o lugar, mas não vou sair daqui de jeito nenhum — ela diz.

— Ah, sinto muito — digo, ainda fixada no cachecol e no gorro. Será que continuavam tão macios quanto antes?

— Você está pedindo desculpas pelo clima?

As sobrancelhas de Mabel estão erguidas e o tom é provocador, mas não consigo pensar em nada como resposta, e a pergunta dela paira no ar, um lembrete do pedido de desculpas que ela veio receber de verdade.

Cinco mil quilômetros é uma distância muito grande para atravessar e ouvir alguém se desculpar.

— Como são seus professores?

Felizmente, consigo contar sobre meu professor de história, que fala palavrão na aula, anda de moto e parece mais alguém que se conheceria num bar do que em uma sala de aula. Não me mostro exatamente boa de papo, mas pelo menos consigo parecer normal.

— Estava achando que todos os meus professores tinham feito voto de castidade — digo. Mabel ri. *Eu a fiz rir.* — Aí conheci esse cara, que acabou com minhas ilusões.

— Em que prédio ele dá aula? Podemos fazer um passeio pela janela.

Ela está de costas para mim enquanto olha para o campus. Demoro demais para me juntar a ela.

Mabel.

Em Nova York. No meu quarto.

Lá fora, a neve cobre o chão e os bancos, o capô da picape do zelador e as árvores. As luzes no caminho estão acesas, apesar de não ter ninguém aqui. Parece ainda mais vazio assim. Tanta luz e só quietude.

— Ali.

Eu aponto para o prédio mais distante, quase sem iluminação.

— E onde é a aula de literatura?

— Bem ali.

Aponto para o prédio ao lado.

— O que mais você faz?

Mostro o ginásio, onde todas as manhãs tento sem sucesso dominar o nado borboleta. Também vou lá tarde da noite, mas não conto isso. A temperatura da piscina está sempre em 26 graus. Mergulhar é como cair no nada, não o choque gelado que sempre conheci. Não tem ondas frias o bastante para me deixarem dormente nem fortes o bastante para me puxarem para baixo.

À noite, a piscina parece tranquila, e fico só boiando, olhando o teto ou de olhos fechados, os sons abafados e distantes, com o salva-vidas ali ao lado.

Isso me ajuda a ficar calma quando o pânico começa.

Mais tarde, quando a piscina está fechada e não consigo controlar meus pensamentos, é Hannah quem me faz voltar. "Acabei de ler a coisa mais incrível", ela diz da cama dela, com o livro apoiado no colo. E lê para mim sobre abelhas, árvores decíduas, evolução.

Costumo demorar um tempo para conseguir me concentrar. Mas, quando eu consigo, descubro os segredos da polinização. Que as asas das abelhas batem duzentas vezes por segundo. Que as árvores trocam de folha não de acordo com a estação do ano, mas com o índice de chuvas. Que antes de todos nós havia outra coisa. Que alguma hora outra coisa tomará nosso lugar.

Descubro que sou uma pequena parte de um mundo milagroso.

Obrigo-me a entender que estou num alojamento de faculdade. Que o que aconteceu, aconteceu. Acabou. A dúvida surge, mas uso as camas, as mesas, os armários, as quatro paredes ao nosso redor, nossas vizinhas dos dois lados e as vizinhas delas, o prédio inteiro, o campus e o estado de Nova York para afastar a dúvida.

Nós somos o que é real, digo para mim mesma enquanto adormeço.

Depois disso, às seis da manhã, quando a piscina abre, eu vou nadar.

Um movimento me traz de volta. Mabel colocando o cabelo atrás da orelha.

— Onde fica o refeitório? — ela pergunta.

— Não dá para ver dessa janela, mas fica do outro lado do pátio, lá atrás.
— Como é?
— Razoável.
— Estou falando das pessoas. Do ambiente.
— Agradável. Costumo sentar com Hannah e os amigos dela.
— Hannah?
— Minha colega de quarto. Está vendo o prédio com o telhado pontudo? Atrás daquelas árvores?
Ela assente.
— Tenho aula de antropologia lá. Acho que é minha favorita.
— Sério? Não é literatura?
Faço que sim.
— Por causa do professor?
— Não, os dois são bons — digo. — Mas tudo em literatura é... ambíguo demais, acho.
— Mas é disso que você gosta. De todas as possibilidades de interpretação.
Isso é verdade? Não consigo me lembrar.
Dou de ombros.
— Mas você ainda vai se formar em Letras.
— Não, ainda não defini isso — digo. — Acho que vou mudar para ciências naturais.
Tenho a impressão de ver um brilho de irritação no rosto dela, mas Mabel sorri para mim.
— E onde é o banheiro? — ela pergunta.
— Vem comigo.

Eu a levo até a esquina e volto para o quarto.

De repente, três dias parecem muito tempo. E todos os minutos que Mabel e eu vamos precisar preencher, insondáveis. Vejo o cachecol e o gorro dela na cama. Pego os dois. São ainda mais macios do que eu lembrava, e cheiram à água de rosas que ela e sua mãe borrifam em tudo. Nelas e nos carros. Em todos os aposentos da casa iluminada.

Seguro ambos e não solto mesmo quando escuto os passos dela se aproximando. Inspiro o aroma de rosas, a simplicidade da pele de Mabel, todas as horas que passamos em sua casa.

Três dias nunca vão ser suficientes.

— Tenho que ligar para os meus pais — diz Mabel da porta. Coloco as coisas dela na cama. Se reparou que eu estava segurando, não vai dizer nada. — Mandei uma mensagem do aeroporto, mas eles estão muito nervosos. Ficaram me dando dicas de como dirigir na neve. Mas eu disse que não era eu quem ia dirigir.

Ela leva o celular ao ouvido. Quando eles atendem, escuto as vozes de Ana e de Xavier, exuberantes e aliviadas, mesmo do outro lado do quarto.

Uma fantasia breve: *Mabel aparece na porta e me vê. Senta ao meu lado na cama e coloca o gorro de lado. Pega o cachecol das minhas mãos e enrola no meu pescoço. Segura minhas mãos e aquece nas dela.*

— Sim — ela diz —, o avião era ótimo... Não sei, era bem grande... Não, não serviram comida.

Mabel olha para mim.

— Sim — continua. — Marin está bem aqui.

Será que eles vão querer falar comigo?

— Tenho que ir ver uma coisa — eu digo para ela. — Diga *oi* por mim.

Saio pela porta e desço a escada até a cozinha. Abro a geladeira. Tudo está exatamente como deixei, etiquetado e arrumado. Poderíamos fazer ravióli e pão de alho, quesadillas, arroz, sopa de legumes, salada de espinafre com queijo roquefort ou chili, que é um molho picante de pimenta com carne, e pão de milho. Quando finalmente volto, Mabel já desligou.

capítulo três

MAIO

CONTINUEI DORMINDO ENQUANTO O DESPERTADOR tocava. Só acordei com vovô cantando para mim da sala. Uma música sobre um marinheiro sonhando com Marin, sua garota marinheira. O sotaque dele era leve, ele morava em São Francisco desde os nove anos, mas, quando cantava, se tornava inconfundivelmente irlandês.

Ele bateu na minha porta e cantou um verso alto do lado de fora.

Meu quarto era o da frente, com janela para a rua, enquanto vovô ocupava dois quartos nos fundos da casa. Entre nós ficava a sala de TV, a sala de jantar e a cozinha, então podíamos fazer o que quiséssemos sem medo de o outro ouvir. Vovô nunca entrava no meu quarto, e eu nunca entrava no dele. Pode parecer antipático, mas não era. Passávamos bastante tempo juntos nas áreas comuns, lendo no sofá e na poltrona, jogando baralho, cozinhando, comendo à mesa redonda da cozinha, tão pequena que nunca precisávamos pedir para o outro passar o sal, e nossos joelhos se esbarravam tanto que nem pedíamos mais desculpas.

Os cestos de roupa suja ficavam no corredor junto ao banheiro, e nos revezávamos lavando roupa, deixando pilhas bem dobradas na mesa da sala de jantar para o outro pegar quando pudesse. Talvez pais ou cônjuges levassem as roupas para o quarto e abrissem as gavetas do outro, mas não éramos pai e filha; não éramos cônjuges. E, na nossa casa, gostávamos de ficar juntos, mas também de ser independentes.

A cantoria parou quando abri a porta e dei de cara com uma mão de dedos grossos e manchas de idade segurando uma caneca amarela.

— Você vai precisar de carona hoje. E, pela sua cara, desse café.

Uma luz matinal amarela entrava pela cozinha. Tirei o cabelo louro dos olhos.

Alguns minutos depois, estávamos no carro. O rádio falava sobre um prisioneiro de guerra que tinha sido trazido de volta, e vovô ficava dizendo "Coitado, um garoto tão novo". Fiquei feliz de ele ter alguma coisa com que se distrair, porque eu não conseguia parar de pensar na noite anterior.

Em Mabel e em todos os nossos amigos, de pernas cruzadas na areia, metade nas sombras e metade iluminados pelo brilho da fogueira. Já era maio. Íamos nos afastar no outono, partindo para lugares diferentes; agora que a estação estava mudando e chegávamos mais perto da formatura, tudo o que fazíamos parecia um longo adeus ou um reencontro prematuro. Estávamos nostálgicos por um tempo que ainda não havia acabado.

— Tão novo — disse vovô. — Para passar por uma coisa assim. As pessoas podem ser tão cruéis.

Vovô ligou a seta quando a gente se aproximou da área de desembarque da Convent School. Levantei a caneca para não derramar o café quando ele fez a curva.

— Olha só — disse, apontando para o relógio do painel. — Dois minutos adiantada.

— Você é meu herói — respondi.

— Seja boazinha — ele disse. — E tome cuidado. Não deixe as irmãs saberem que somos ateus.

Ele sorriu. Tomei os últimos goles.

— Pode deixar.

— Pegue uma porção a mais de sangue de Cristo por mim, ok?

Revirei os olhos e coloquei a caneca vazia no banco.

Fechei a porta e me inclinei para acenar para ele, ainda satisfeito com a própria piada, pela janela fechada. Vovô se forçou a ficar sério e fez o sinal da cruz antes de rir em voz alta e sair com o carro.

Na aula de inglês, estávamos falando sobre fantasmas. Se existiam ou não e, caso existissem, se seriam maus como a governanta de *A outra volta do parafuso* achava.

— Eis duas afirmações — disse a irmã Josephine. — Um: a governanta está tendo alucinações. Dois: os fantasmas são reais. — Ela virou e escreveu as duas no quadro. — Encontrem provas no livro para as duas. Amanhã, vamos discutir isso.

Levantei a mão.

— Tenho uma terceira ideia.

— Sim?
— Os outros empregados estão conspirando contra ela. Pode ser uma armação muito elaborada.

A irmã Josephine sorriu.

— Uma teoria intrigante.

Mabel disse:

— Já é bem complicado com duas.

Algumas pessoas concordaram com ela.

— É *melhor* quando é *complicado* — eu disse.

Mabel se virou na cadeira para olhar para mim.

— Espere. Como é? É melhor quando é complicado?

— Claro que é! É o sentido do livro. Podemos procurar a verdade, podemos nos convencer do que quisermos, mas nunca vamos realmente saber. *Garanto* que podemos encontrar provas para argumentar que os outros empregados estão pregando uma peça nela.

A irmã Josephine disse:

— Vou acrescentar à lista.

Depois da aula, Mabel e eu dividimos nossa tarefa de ciências no ônibus, descemos na esquina do Trouble Coffee e entramos para comemorar nosso excelente gerenciamento de tempo comprando dois cappuccinos para viagem.

— Estou sempre pensando em fantasmas — eu disse enquanto andávamos pelas casas em tons pastéis com fachadas planas e janelas quadradas. — Eles aparecem nos meus livros favoritos.

— Pode ser o tema do seu trabalho final.

Assenti.

— Mas vou precisar de uma tese.

— A única coisa de que gosto em *A outra volta do parafuso* é da primeira frase da governanta.

Mabel parou para ajeitar a tira da sandália.

Fechei os olhos e senti o sol no rosto. Então, eu disse:

— "Lembro-me de todo o início como uma sucessão de voos e quedas, uma pequena gangorra de palpitações boas e más."

— *Claro* que você sabe de cor.

— Bom, é incrível.

— Achei que o livro todo seria assim, mas é confuso e sem sentido. Os fantasmas, se é que *são* fantasmas, nem fazem nada. Só aparecem e ficam parados.

Eu abri o portão de ferro e subimos a escada até o patamar. Vovô deu oi antes mesmo de termos fechado a porta. Colocamos os cafés na mesa, tiramos as mochilas das costas e fomos direto para a cozinha. As mãos dele estavam cobertas de farinha — quarta-feira era o dia favorito dele, porque preparava comida para mais *duas* pessoas.

— O cheiro está delicioso — disse Mabel.

— Como se diz isso em espanhol? — perguntou vovô.

— *Huele delicioso*. O que é? — indagou Mabel.

— Bolo de chocolate. Agora diga: "Esse bolo de chocolate está com um cheiro delicioso."

— Vovô! — eu retruquei. — Você está estrangeirizando minha amiga de novo.

Ele levantou as mãos, pego no flagra.

— Só quero ouvir algumas palavras nessa língua tão linda.

Mabel riu e disse a frase, e muitas outras com poucas palavras que eu entendia. Vovô limpou as mãos no avental e as levou ao coração.

— Linda! — ele disse. — *Hermosa!*

Vovô saiu da cozinha e viu uma coisa que o fez parar.

— Meninas. Por favor, sentem.

— *Oh-oh* — sussurrou Mabel.

Fomos até o sofá vermelho e desbotado e sentamos juntas, esperando para descobrir o assunto do sermão daquela tarde.

— Meninas — ele disse novamente. — Nós temos que conversar sobre *isso*. — Ele pegou um dos copos descartáveis que tínhamos colocado na mesinha e o segurou com desdém. — Quando eu era adolescente, não tinha essas coisas aqui. Trouble Coffee. Quem bota esse nome em um estabelecimento? Em um bar, talvez. Mas um café? Não. Os pais de Mabel e eu gastamos muito dinheiro para mandar vocês para uma boa escola. Agora vocês pegam fila e gastam uma fortuna em um café. Quanto custou isso?

— Quatro dólares — eu respondi.

— *Quatro? Cada um?* — Ele balançou a cabeça. — São três dólares a mais do que um café deveria custar.

— É cappuccino.

Ele cheirou o copo.

— Podem chamar como quiserem. Tenho um bom bule na cozinha e grãos frescos o bastante para qualquer um.

Revirei os olhos, mas Mabel era ardente em seu respeito pelos mais velhos.

— Foi um exagero — ela disse. — Você está certo.

— *Quatro* dólares.

— Pare com isso, vovô. O bolo está cheirando. Você não devia ir dar uma olhada?

— Espertinha — ele me disse.

— Só estou com vontade.

E estava mesmo. Foi uma tortura esperar o bolo esfriar, mas nós acabamos o devorando.

— Guardem um pedaço para os rapazes! — implorou vovô.

Para quatro senhores, os amigos do vovô eram os sujeitos mais frescos que eu conhecia. Como as garotas da escola, eles ficavam sem comer glúten por uma semana para de repente jogar a dieta para o ar caso aparecesse algo apetitoso o bastante. Diminuíam o açúcar, os carboidratos, a cafeína, a carne e os laticínios, mas um pouco de manteiga não fazia mal de vez em quando. Eles violavam as próprias regras e ainda reclamavam. Experimentavam os doces do vovô e, depois, diziam que eram açucarados demais.

— Eles não merecem esse bolo — eu disse enquanto comia.

— Não vão apreciar como nós. Acho que você devia mandar um pedaço para Birdie. Pelo correio.

— Ela sabe que você faz doces? — Mabel perguntou a ele.

— Talvez eu tenha mencionado.

— Um pedacinho desse bolo e ela vai ser sua para sempre — comentou Mabel.

Vovô balançou a cabeça e riu. Mabel e eu logo estávamos de barriga cheia e felizes. Quando estávamos saindo, Jones, o primeiro dos amigos do vovô, chegou, segurando o baralho da sorte em uma das mãos e a bengala na outra.

Parei um minuto para falar com ele.

— Agnes vai operar a mão de novo na terça — disse Jones.

— Vocês precisam de ajuda com alguma coisa?

— Samantha vai tirar uns dias de folga do salão.

— De repente eu passo lá para dar um oi.

Samantha era a filha de Jones e Agnes, e ela foi muito bacana comigo nos meses em que morei com eles, quando eu tinha oito anos e vovô precisou passar um tempo no hospital. Ela me levava para a escola e ia me buscar todos os dias. Mesmo depois que vovô voltou para casa Samantha nos ajudou, indo pegar remédios e verificando sempre se tinha comida em casa.

— Ela adoraria ver você.

— Legal — eu disse. — Estamos indo para a praia agora. Tente não perder todo o seu dinheiro.

Mabel e eu andamos os quatro quarteirões até a praia. Tiramos as sandálias quando chegamos na areia e carregamos até uma duna, serpenteando por caminhos de grama com cactos verdes e amarronzados. Sentamos a uma distância segura do mar enquanto maçaricos bicavam a beira d'água. Primeiro pareceu que não tinha ninguém lá, mas eu sabia que devia observar e esperar, e em pouco tempo vi: dois surfistas ao longe, subindo na prancha para pegar onda. Contra a linha do horizonte, subindo e descendo. Uma hora se passou, e nós os perdemos de vista várias vezes, mas sempre voltávamos a encontrá-los.

— Estou com frio — disse Mabel quando a neblina baixou.

Cheguei mais perto dela até as laterais dos nossos corpos se tocarem. Ela me deu as mãos e eu as esquentei. Mabel queria ir para casa, mas os surfistas ainda estavam na água. Ficamos até eles voltarem à areia, com a prancha embaixo do braço, turquesa e dourado junto às roupas molhadas. Esperei para ver se algum deles me reconhecia.

Os dois chegaram mais perto, um homem e uma mulher. Apertaram os olhos para ver se eu era quem achavam que era.

— Oi, Marin — disse o homem.

Levantei a mão.

— Tenho uma coisa para você. — A mulher abriu a mochila e tirou uma concha. — O tipo favorito de Claire — ela disse, colocando-a na palma da minha mão.

Então os surfistas passaram por nós e seguiram rumo ao estacionamento.

— Você não me perguntou sobre o que estou escrevendo — disse Mabel.

A concha era larga e rosa, coberta de ondulações. Dezenas iguais, todas presentes, enchiam três potes de vidro no meu quarto. Ela esticou a mão, e eu entreguei a concha.

— *Jane Eyre.* Flora e Miles. Basicamente, todo mundo em *Compaixão.* — Mabel passou o polegar pelas ondulações da concha e a devolveu, então olhou para mim. — Órfãos.

Vovô nunca falava sobre minha mãe, mas não precisava. Eu só precisava parar na loja de surf ou aparecer na praia ao amanhecer para ganhar camisetas da Mollusk de graça e garrafas térmicas cheias de chá. Quando eu era criança, os antigos amigos dela gostavam de pôr o braço em volta de mim ou de fazer carinho no meu cabelo. Eles apertavam os olhos na minha direção quando me aproximava e faziam sinal para eu chegar mais perto. Eu não sabia seus nomes, mas todos sabiam o meu.

Acho que, quando você passa uma vida montando nas ondas, sabendo que o mar é desalmado e milhões de vezes mais forte do que você, mas ainda confiando que tem habilidade, coragem ou proteção o suficiente para sobreviver, você tem uma dívida com as pessoas que não sobrevivem. Alguém sempre morre. É só questão de quem e quando. Você se lembra da pessoa com músicas, templos de conchas, flores e vidro, pondo um braço em volta da filha dela, e, mais tarde, dando o nome dela à sua própria filha.

Minha mãe não morreu no mar. Morreu no Laguna Honda Hospital, com um corte na cabeça e os pulmões cheios d'água. Eu tinha quase três anos. Às vezes, acho que consigo me lembrar do calor. Da proximidade. Do sentimento de estar nos braços dela. De seu cabelo macio na minha bochecha.

Não há o que me lembrar do meu pai. Ele era um viajante e estava de volta a algum lugar da Austrália antes mesmo do exame de gravidez.

— Se ele soubesse — vovô dizia quando eu era pequena e curiosa —, ficaria encantado com você.

Eu pensava na dor como uma coisa simples. Silenciosa. Tinha uma fotografia de Claire pendurada no corredor. Às vezes, pegava vovô olhando para ela. Às vezes, ficava parada na frente dela por vários minutos, observando seu rosto e seu corpo. Encontrando pistas de mim nela. Imaginando que eu devia estar perto, brincando na areia ou deitada em uma toalha. Questionando se, quando eu tivesse vinte e dois anos, meu sorriso chegaria perto de ser tão bonito quanto o dela.

Uma vez, em uma reunião da Convent, a orientadora perguntou se ele falava comigo sobre minha mãe.

— Relembrar é a única forma de superar o passado — ela disse.

Os olhos de vovô perderam o brilho. Sua boca virou uma linha apertada.

— Foi só um lembrete — ela disse com a voz mais baixa e se virou para a tela do computador para voltar a falar sobre as minhas faltas não justificadas.

— Irmã — disse vovô, com a voz baixa e venenosa. — Perdi minha esposa quando ela tinha quarenta e seis anos. Perdi minha filha quando ela tinha vinte e quatro. E você acha que precisa me *lembrar* de eu me lembrar delas?

— Sr. Delaney — ela disse. — Lamento muito sua perda. Suas perdas, aliás. Vou rezar pela sua cura. Mas minha preocupação é com Marin, e só peço que compartilhe algumas das suas lembranças com *ela*.

Meu corpo ficou tenso. Nós fomos chamados porque elas estavam preocupadas com meu "progresso acadêmico", mas eu só estava tirando notas altas em todas as matérias, e a única coisa que tinham para falar sobre mim era que eu matava algumas aulas. Agora, eu percebia que a reunião era na verdade sobre um texto que eu tinha escrito sobre uma garota criada por sereias. Elas sentiam culpa por ter matado a mãe da menina, então contavam histórias sobre ela e as tornavam o mais real possível, mas sempre havia um vazio na garota que não conseguiam preencher. Ela ficava sempre se questionando.

Era só um texto, mas, quando estava sentada na sala da orientadora, eu me dei conta do que devia ter percebido antes. Devia ter escrito sobre um príncipe criado por lobos depois de perder o pai na floresta ou qualquer outra coisa, algo menos transparente, porque professores sempre achavam que tudo era um grito pedindo ajuda. E professoras jovens e legais como a irmã Josephine eram as piores.

Eu sabia que tinha que mudar de assunto, senão ela ia começar a falar sobre o texto.

— Sinto muito pelas aulas que perdi, ok? — eu disse. — Eu errei. Fiquei envolvida demais com minha vida social.

A orientadora assentiu.

— Posso confiar que você não vai mais fazer isso? — ela perguntou. — Você tem o tempo antes e depois da escola para sua vida social. O almoço. Os fins de semana. Tem a maioria das suas horas livres para fazer o que você e seu avô acharem bom. Mas, durante o horário de aula, esperamos...

— Irmã — disse o vovô, com a voz baixa e grave novamente, como se não estivesse ouvindo nada do que estávamos dizendo. — Tenho certeza de que coisas sofridas já aconteceram com você. Nem casar com Jesus pode proteger alguém das realidades da vida. Só peço que tire um momento para relembrar essas coisas terríveis. Eu *lembro* você agora de se lembrar delas. Pronto. Não se sente *curada*? Talvez possa nos contar sobre elas. Você não se sente... *muito melhor*? Elas enchem você de carinho? Está *feliz*?

— Sr. Delaney, por favor.

— Tem uma história de *redenção* para nos contar?

— Certo, estou vendo...

— Gostaria de entoar um canto de *alegria* para nós?

— Peço desculpas pelo incômodo, mas isso é...

Vovô se levantou e estufou o peito.

— Sim — ele disse. — É totalmente inapropriado da minha parte. Quase tão inapropriado quanto uma freira oferecendo conselhos sobre as mortes de uma *esposa* e uma *filha*. Marin está tirando notas excelentes. Ela é uma ótima aluna. — A orientadora se recostou na cadeira, estoica. — E ela vai vir comigo agora — disse vovô, triunfante.

Ele virou e abriu a porta.

— Tchau — eu disse, do jeito mais modesto que consegui.

Ele saiu batendo o pé. Fui atrás.

A volta de carro para casa foi um ato de comédia de um homem só, composto de todas as piadas de freira das quais vovô conseguiu lembrar. Ri de todas. Quando acabou, perguntei se tinha recebido notícias de Birdie, e ele sorriu.

— Quem escreve duas cartas recebe duas cartas — disse vovô.

Então, eu pensei nas lágrimas nos olhos da irmã Josephine enquanto lia meu texto para a turma. Em como me agradeceu por ser tão corajosa. E, tudo bem, talvez não fosse totalmente inventado. Talvez as sereias tenham dado à garota conchas que enchiam seu quarto submarino. Talvez a história tivesse vindo de uma parte de mim que queria saber mais, ou pelo menos ter lembranças reais em vez de sentimentos que podiam ser só invenção.

capítulo quatro

MABEL ESTÁ DESCOBRINDO O MÁXIMO sobre Hannah que nosso quarto pode revelar. A pilha de papéis na mesa, a arrumação impecável da cama. Os pôsteres autografados de peças da Broadway e o edredom colorido e fofo.

— De onde ela é?

— Manhattan.

— Que azul mais lindo — diz Mabel, admirando o tapete persa entre nossas camas, gasto o bastante para deixar a idade evidente, mas ainda macio sob os pés.

Ela para na frente do quadro de avisos e me pergunta sobre as pessoas nas fotos. Megan, do final do corredor. Davis, o ex-namorado que ainda é seu amigo. Umas garotas de Manhattan, cujos nomes não lembro.

— Ela gosta de citações — diz Mabel.

Faço que sim.

— Hannah lê muito.

— Essa citação de Emerson está em toda parte. Vi em um ímã.

— Qual?

— "Termine cada dia e o deixe para trás. Você fez o que podia. Algumas falhas e absurdos sem dúvida aconteceram; esqueça-os assim que puder."

— Dá pra entender o porquê. Quem é que não precisa ser lembrado disso?

— É, acho que é verdade — diz Mabel.

— Hannah é assim mesmo — digo. — Não se deixa afetar. Ela é meio... direta, eu acho. Mas da melhor maneira. É inteligente e boazinha.

— Então você gosta dela.

— Gosto. Eu gosto muito dela.

— Legal — diz Mabel, mas não dá para saber se é o que ela realmente acha. — Está bem, vamos falar de você. Que planta é essa?

— Uma peperômia. Comprei em uma feirinha no campus e já sobreviveu três meses. Impressionante, né?

— Bom trabalho.

— Também acho.

Sorrimos, de maneira quase natural.

— Tigelas legais — comenta Mabel, pegando uma no parapeito da janela.

Além da foto da minha mãe, que fica em uma pasta no meu armário, as tigelas são as melhores coisas que tenho. São de um tom perfeito de amarelo, não forte demais, e sei de onde vieram e quem as fez. Gosto de como são substanciais, de como dá para sentir o peso da argila.

— Uma das primeiras aulas que meu professor de história deu foi sobre um cara chamado William Morris. Ele disse que tudo o que você tem deve ser útil ou bonito. É muito para se aspirar, mas eu pensei: por que não tentar? Vi essas tigelas em uma loja de artesanato dois dias depois e comprei.

— São tão bonitas.

— Fazem tudo parecer meio especial. Até cereal e macarrão instantâneo — eu digo. — Que são componentes importantes da minha dieta.

— Pilares da nutrição.

— O que você come na faculdade?

— O alojamento é diferente lá. São tipo uns miniapartamentos que dividimos em seis. Temos três quartos e uma área comum com sala e cozinha. Preparamos um monte de coisa em grande quantidade. Minha colega de quarto faz a melhor lasanha do mundo. Não sei por que é tão boa, ela só usa queijo ralado e molho pronto.

— Pelo menos alguma coisa de bom ela tem.

— O que você quer dizer? — ela pergunta.

Antes de desistir de mim, Mabel me mandou uma lista de motivos pelos quais odiava a tal colega de quarto. O gosto musical terrível, os roncos altos, a vida amorosa tumultuada, a bagunça e a decoração brega. *Me lembre: por que você não veio comigo para o sul ensolarado da Califórnia?*, ela escreveu. E também: *Por favor! Suma com essa garota e fique no lugar dela!*

— Ah — lembrou-se Mabel, agora. — Verdade. Bom, faz um tempo. Eu me acostumei.

Ela se vira para ver sobre o que mais pode comentar, mas a planta e as tigelas são tudo o que tenho.

— Estou planejando comprar mais coisa em breve — digo. — Mas antes preciso arrumar um emprego.

O rosto dela se enche de preocupação.

— Você tem...? Não consigo acreditar que nunca pensei nisso. Você tem dinheiro?

— Tenho — respondo. — Não se preocupe. Ele me deixou um pouco. É o bastante por enquanto, mas tenho que tomar cuidado.

— E a faculdade?

— Ele já pagou este ano.

— Mas e os próximos três?

Não deveria ser tão difícil assim falar sobre isso. Essa é a parte fácil.

— Minha orientadora acha que vamos conseguir resolver. Com empréstimos, ajudas financeiras e bolsas. Pelo menos enquanto eu estiver indo bem.

— Ok — ela diz. — Tudo sob controle então.

Mas ela ainda parece preocupada.

— Você vai ficar três noites, né? — pergunto.

Ela assente.

— Achei que amanhã ou depois de amanhã podíamos pegar um ônibus até o centro. Não tem muita coisa aqui, só o lugar onde comprei as tigelas, um restaurante e algumas outras lojas.

— É, acho que vai ser legal.

Mabel está olhando para o tapete agora, ainda sem voltar a ser ela mesma.

— Marin. É melhor eu contar logo que vim aqui por um motivo, não de férias.

Meu coração despenca, mas tento não demonstrar. Olho para ela e espero.

— Venha para casa comigo — ela pede. — Meus pais também querem isso.

— Para quê? Pra passar o Natal?

— É, para passar o Natal. Mas também pra ficar. Você voltaria para cá, claro, mas poderia ficar na minha casa nos recessos. Poderia ser sua casa também.

— Ah — eu digo. — Quando você disse *motivo*, eu pensei em outra coisa.

— Tipo o quê?

— Não sei.

Não consigo dizer que achei que ela ia falar que não queria mais me ver, quando na verdade veio me pedir para me ver mais.

— Você vai dizer sim?

— Acho que não posso.

Mabel ergue as sobrancelhas, surpresa. Eu desvio o olhar.

— Acho que é muita coisa para pedir de uma vez. A gente devia começar só com o Natal. Volte comigo, passe uns dias com a gente, veja como se sente. Meus pais vão pagar seu voo.

Balanço a cabeça.

— Desculpe.

Ela é pega de surpresa. Deveria ter sido diferente.

— Tenho três dias para convencer você, então vá pensando. Finja que não recusou. Finja que ainda não respondeu.

Eu faço que sim, mas sei que, por mais que eu queira, seria impossível para mim voltar.

Mabel vai até o lado de Hannah e olha para tudo de novo. Abre a bolsa e remexe nela. Em seguida, volta para a janela.

— Tem uma vista muito bonita — digo. — Do último andar.

Subimos de elevador. Então percebo que é o tipo de lugar que a governanta de *A outra volta do parafuso* pensaria ser cheio de possibilidades fantasmagóricas. Mas tento não pensar tanto em livros, principalmente em histórias de fantasmas.

Das janelas da torre nós temos uma visão panorâmica do resto do campus. Eu achava que poderia ser mais fácil falar ali em cima, com mais coisas para ver, mas ainda estou muda, e Mabel ainda está silenciosa. Com raiva, provavelmente. Consigo ver nos ombros dela e na forma como não olha para mim.

— Quem é aquele? — ela pergunta.

Sigo sua mão até alguém ao longe. Um ponto de luz.

— O zelador — respondo.

Ficamos olhando enquanto ele se aproxima, parando a cada poucos passos e se agachando.

— Ele está fazendo alguma coisa no caminho — comenta Mabel.

— É. Eu queria saber o quê.

Quando o zelador chega à frente do nosso prédio, dá um passo para trás e olha para cima. Então ele acena para nós. E nós acenamos de volta.

— Vocês se conhecem?

— Não — eu digo. — Mas ele sabe que estou aqui. Acho que se sente meio responsável por mim. Ou pelo menos pela escola, para que eu não bote fogo em tudo ou dê uma festa muito louca.

— Duas coisas bem prováveis.

Não consigo abrir um sorriso. Mesmo sabendo que está escuro lá fora e claro aqui, é difícil acreditar que ele consiga nos ver. Nós devíamos estar invisíveis. Estamos tão sozinhas. Mabel e eu, lado a lado, mal vendo uma à outra. Ao longe, as luzes da cidade. Com o dia de trabalho terminando, as pessoas devem estar pegando os filhos e indo para casa preparar o jantar. Conversam com vozes tranquilas sobre coisas de grande importância ou que não significam muito. A distância entre nós e toda essa vida parece insuperável.

O zelador sobe na picape.

Eu digo:

— Fiquei com medo de pegar o elevador.

— Como assim?

— Antes de você chegar. Quando fui ao mercado. Precisava descer, mas fiquei com medo de ficar presa e ninguém saber. Você chegaria e eu nem poderia receber você.

— Os elevadores daqui param?

— Não sei.

— Você já *soube* de alguém que ficou preso?

— Não. Mas os elevadores são velhos.

Ela se afasta de mim e vai na direção do elevador. Vou atrás.

— É bem sofisticado — ela comenta.

Como boa parte do prédio, cada detalhe é decorado. Tem metal com desenhos de flores e espirais no gesso acima da porta. Os lugares não são velhos assim na Califórnia. Estou acostumada com linhas simples. E a ficar mais perto do chão. Mabel aperta o botão, e as portas se abrem como se estivessem nos esperando. Abro a grade de metal e entramos. As paredes são cobertas de madeira e iluminadas por um candelabro. As portas se fecham e ficamos ali pela terceira vez hoje, mas, pela primeira vez, juntas de verdade.

Até metade da descida, quando Mabel estica a mão até o painel e aperta um botão que nos faz parar de repente.

— O que você está fazendo?

— Vamos ver como é — ela diz. — Pode ser bom pra você.

Eu balanço a cabeça. Não vejo graça. O zelador viu que estávamos bem e foi embora. Nós poderíamos ficar presas aqui por dias até ele começar a se preocupar. Procuro o botão que libera o elevador, mas Mabel diz:

— Fique calma. Podemos sair quando quisermos.

— Quero sair agora.

— É mesmo?

Ela não está me provocando. É uma pergunta real. Se eu quero realmente que a gente volte a se mover tão rápido. Se eu quero mesmo voltar para o terceiro andar com ela, sem ter para onde ir além do meu quarto, sem nada nos esperando que já não estivesse lá antes, sem a tranquilidade nova e sem compreensão.

— Tudo bem — respondo. — Talvez não.

— Andei pensando muito no seu avô — comenta Mabel.

Estamos sentadas no chão do elevador, cada uma encostada numa parede, há alguns minutos. Já discutimos os detalhes dos botões e a refração da luz nos cristais do candelabro. Refletimos sobre o nome da madeira e decidimos que era mogno. Agora, Mabel acha que está na hora de passarmos para tópicos mais importantes.

— Ele era muito fofo.

— Fofo, não.

— Ok, desculpa. Parece condescendência. Mas aqueles óculos! Aqueles suéteres com remendo nos cotovelos! De *verdade*, que ele mesmo costurava para não estragar a blusa. Ele era demais.

— Entendi — eu alego. — Mas não concordo.

A rispidez na minha voz não passa em branco, mas não lamento. Cada vez que penso nele, um buraco negro surge na minha barriga e respirar se transforma numa luta.

— Certo. — A voz dela fica mais baixa. — Estou fazendo isso errado. Não era isso que eu queria dizer. Mas eu amava seu avô. Sinto falta dele. Sei que é só uma fração do que você deve sentir, mas tenho saudade e achei que talvez gostasse de saber que outra pessoa também pensa nele.

Concordo. Não sei o que mais posso fazer. Eu quero tirá-lo da cabeça.

— Queria que tivesse havido um velório — manifesta-se Mabel. — Meus pais e eu ficamos esperando. Eu só estava esperando a data para marcar a passagem.

Agora, há rispidez em sua voz, porque não respondi como deveria, eu acho, e porque eu era a única família dele. Os pais de Mabel se ofereceram para me ajudar a organizar, mas eu não liguei para eles. A irmã Josephine também ligou, mas eu a ignorei. Jones deixou mensagens de voz que nunca ouvi. Porque, em vez de entrar em luto como uma pessoa normal, eu fugi para Nova York, apesar de os alojamentos só abrirem duas semanas depois. Fiquei em um hotel, onde deixava a televisão ligada o dia todo. Fiz todas as refeições na mesma lanchonete 24 horas e fora isso não mantive nenhuma rotina. Cada vez que meu telefone tocava, eu tremia. Eu recusava a ligação e ficava totalmente sozinha, esperando que o vovô ligasse, que me dissesse que estava tudo bem.

Eu tinha medo do fantasma dele.

E fiquei com nojo de mim mesma.

Eu dormia com a cabeça embaixo do cobertor. Quando saía durante o dia, achava que ficaria cega.

— Marin — diz Mabel. — Eu vim até aqui para que, quando falasse, você fosse obrigada a responder.

Novelas passavam na televisão. Comerciais de concessionárias, toalhas de papel, detergente. *Judge Judy e Geraldo*. Always, Dove, Swiffer. Gargalhadas. Closes de rostos chorando. Camisas desabotoando. Protesto, meritíssima. Mantido.

— Eu comecei a pensar que você devia ter perdido o celular. Ou que não tinha trazido com você. Me senti uma stalker. Todas as ligações, as mensagens de texto e todos os e-mails. Tem ideia de quantas vezes tentei falar com você? — Seus olhos se enchem de lágrimas. Ela solta uma gargalhada amarga. — Que pergunta idiota — ela diz. — Claro que tem. Você recebeu todas as mensagens. Só decidiu não responder.

— *Eu não sabia o que dizer* — sussurro.

Parece inadequado, até mesmo para mim.

— Talvez você pudesse me dizer como chegou a essa decisão. Ainda estou tentando descobrir o que eu fiz.

— Não foi uma decisão.
— Então o que foi? Passei esse tempo todo dizendo para mim mesma que o que você está enfrentando é muito maior do que não falar comigo. Às vezes, funciona. Mas às vezes não.
— O que aconteceu com ele... — eu começo. — O que aconteceu no final do verão... Foi mais do que você sabe.
É incrível como essas palavras são difíceis. Não são quase nada. Eu sei disso. Mas me apavoram. Porque, mesmo com todo o processo por que passei e com as muitas maneiras pelas quais me reergui, não falei nada disso em voz alta.
— Bom — ela diz —, eu estou ouvindo.
— Eu tinha que ir embora.
— Você *desapareceu*.
— Não. Não desapareci. Eu vim para cá.
As palavras fazem sentido, mas a verdade é mais profunda. Ela está certa. Se Mabel está falando sobre a garota que lhe deu um abraço de despedida antes de ela partir para Los Angeles, com quem entrelaçou os dedos na última fogueira do verão, que aceitava conchas de desconhecidos, que analisava livros por diversão, que morava com o avô em uma casa rosa na Sunset que costumava cheirar a bolo e estar sempre cheia de velhinhos jogando baralho... Se ela está falando sobre essa garota, então, sim, ela desapareceu.
Mas é bem mais simples não interpretar assim, então eu acrescento:
— Fiquei aqui o tempo todo.
— Eu tive que voar cinco mil quilômetros para encontrar você.

— Estou feliz que você tenha vindo.

— Está mesmo?

— Estou.

Ela me olha, tentando ver se estou falando sério.

— *Estou* — repito.

Mabel coloca o cabelo atrás da orelha. Fico só observando. Tenho tentado não olhar muito fixamente. Ela fez a gentileza de fingir que não tinha reparado que eu estava segurando o cachecol e o gorro dela mais cedo; não preciso forçar a barra. Mas, novamente, me dou conta. *Ela está aqui.* Os dedos, o cabelo comprido e escuro. Os lábios rosados e os cílios pretos. Os brincos de ouro que ela nunca tira, nem quando dorme.

— Tudo bem — diz Mabel.

Ela aperta um botão, e sentimos algum movimento depois de vários minutos de suspensão.

Para baixo, para baixo. Não sei se estou pronta. Mas agora estamos no terceiro andar. Mabel e eu esticamos a mão para o portão na mesma hora, e elas se tocam.

Ela puxa a dela antes de eu saber o que quero.

— Desculpa — diz.

Ela não está se desculpando por afastar a mão, mas pelo contato acidental.

Nós nos tocávamos o tempo todo, mesmo antes de nos conhecermos de verdade. Nossa primeira conversa começou com ela segurando minha mão para examinar as unhas que eu tinha pintado pouco tempo antes, douradas com luas prateadas. A filha de Jones, Samantha, tinha um salão e colocava as novas manicures para treinar em mim. Eu falei para Mabel que achava que conseguia arrumar um desconto para ela.

Ela disse: "Será que você não consegue pintar? Não deve ser tão difícil". Assim, depois da aula fomos ao Walgreens comprar esmalte e sentamos no Lafayette Park e rimos durante horas, enquanto eu fazia a maior sujeira nos dedos dela.

Mabel está na minha frente, quase na minha porta.

Espere.

As coisas não mudaram tanto assim.

— Você se lembra do primeiro dia que a gente passou juntas? — pergunto.

Ela para e se vira para mim.

— No parque?

— É — confirmo. — Eu tentei pintar suas unhas que nem as minhas, mas acabou ficando horrível.

Ela dá de ombros.

— Não me lembro de ter sido tão ruim.

— Não *foi* ruim. Suas unhas é que ficaram feias.

— Eu achei que a gente tinha se divertido.

— Claro que a gente se divertiu. Ficamos amigas na hora. Você achou que ia dar certo eu pintar suas unhas, mas eu fiz tudo errado. A gente riu muito e foi assim que tudo começou.

Mabel encosta na porta e olha para o corredor.

— Tudo começou na primeira aula de inglês, quando o irmão John mandou a gente analisar um poema idiota, aí você levantou a mão e disse uma coisa tão inteligente sobre o poema que, de repente, ele não pareceu mais tão idiota assim. E aí, soube que você era o tipo de pessoa que eu queria conhecer. Mas o que ainda *não* sabia era que é possível dizer para uma garota que você quer ser amiga dela só porque ela disse uma coisa inteligente. Então procurei uma desculpa para falar com você e encontrei.

Mabel nunca me contou isso.

— Não foram as *unhas* — ela continua, balançando a cabeça como se a ideia fosse absurda, apesar de ser a única versão da história que eu conhecia até agora.

Em seguida, ela se vira e entra no meu quarto.

— O que tem para o jantar? — pergunta Mabel.

Indico a mesa, onde tem uma chaleira elétrica ao lado de pacotes de macarrão instantâneo.

— Bom, vamos fazer então.

— Tem uma cozinha que a gente pode usar — aviso.

Ela balança a cabeça.

— Foi um dia longo. Macarrão instantâneo está bom.

Mabel parece tão cansada. Cansada de mim e do fato de que eu não disse nada.

Faço meu trajeto habitual até a pia do banheiro para pegar água, enfio a chaleira elétrica na tomada e coloco as tigelas amarelas ao lado. Tenho outra chance. Tento pensar em alguma coisa para dizer.

Mas Mabel passa na minha frente.

— Tem mais uma coisa que eu preciso contar.

— Ok.

— Eu conheci uma pessoa na faculdade. O nome dele é Jacob.

Não consigo esconder a surpresa no meu rosto.

— Quando?

— Um mês atrás, mais ou menos. Sabe a nongentésima mensagem que você decidiu ignorar?

Eu me viro de costas e finjo que estou olhando uma coisa na chaleira.

— Jacob faz literatura comigo. Gosto muito dele — ela conta, com a voz mais gentil agora.

Eu fico olhando para as primeiras baforadas de vapor saírem e pergunto:

— Ele sabe sobre mim?

Mabel não responde. Despejo água nas tigelas em cima do macarrão. Abro os pacotinhos de tempero, jogo e mexo. Não tenho nada a fazer além de esperar, então sou obrigada a me virar de novo.

— Ele sabe que minha melhor amiga chama Marin e foi criada pelo avô, que eu amava como se também fosse meu avô. Sabe que alguns dias depois que fui para a faculdade ele se afogou, e que você nunca mais falou com ninguém. Nem comigo.

Enxugo as lágrimas com as costas da mão.

E espero.

— E ele sabe que as coisas entre nós estavam... menos claras no final. Mas não se importa com isso.

Procuro na memória o jeito como falávamos sobre garotos. O que eu diria na época? Pediria para ver uma foto. Tenho certeza de que tem um monte no celular dela.

Mas não quero ver uma foto dele.

E tenho que dizer alguma coisa.

— Ele parece ser um cara legal — eu comento. Mas, então, percebo que Mabel não me contou quase nada sobre Jacob. — Quer dizer... eu tenho certeza de que você só escolheria alguém que fosse bem legal.

Sinto que Mabel está me encarando, mas não tenho mais nada a dizer.

Comemos em silêncio.

— Tem uma sala de recreação no quarto andar daqui do prédio — digo quando terminamos. — Podemos ir até lá ver um filme, se você quiser.

— Na verdade, estou bem cansada — ela diz. — Acho que vou me preparar para dormir.

— Ah, claro.

Eu olho para o relógio. Passam poucos minutos das nove, e três horas a menos na Califórnia.

— Sua colega de quarto não vai se importar? — ela pergunta, apontando para a cama de Hannah.

— Não, tudo bem.

Eu mal consigo dizer as palavras.

— Tudo bem. Vou me aprontar então.

Ela pega a nécessaire, o pijama e então o celular, como se eu não fosse reparar, e sai do quarto.

Mabel fica fora muito tempo. Dez minutos se passam, e mais dez, e mais dez. Eu queria poder fazer alguma outra coisa além de ficar sentada esperando.

Então a ouço gargalhar. E ficar séria.
Ela diz:
— Você não precisa se preocupar.
Ela diz:
— Eu juro.
E então:
— Eu também te amo.

capítulo cinco
MAIO

EU COPIEI TODAS AS PASSAGENS sobre fantasmas que consegui encontrar e espalhei sobre a mesinha de centro, então as organizei e li cada uma delas dezenas de vezes. Estava começando a pensar que nunca eram os fantasmas o que importava. Como Mabel tinha dito, eles só ficavam lá parados.

Não eram os fantasmas. Eram os sustos que importavam.

Os fantasmas disseram para a governanta que ela nunca conheceria o amor.

O fantasma disse para Jane Eyre que ela estava sozinha.

O fantasma disse para a família Buendía que seu pior medo era real: eles estavam destinados a repetir os mesmos erros.

Fiz algumas anotações, peguei *Jane Eyre* e me deitei no sofá. Eu já o tinha lido mais vezes do que conseguia contar, assim como meu outro livro favorito, *Cem anos de solidão*. Enquanto o segundo me prendia por sua magia e suas imagens, sua complexidade e sua amplitude, o primeiro preenchia meu coração. Jane era tão solitária. Tão forte, sincera e honesta. Eu amava ambos, mas eles satisfaziam desejos diferentes.

Quando Rochester estava prestes a fazer o pedido, ouvi as chaves balançando lá embaixo, e um momento depois ele entrou assobiando.

— Novidades do correio? — gritei.

— Quem escreve uma carta recebe uma carta.

— Vocês dois são tão confiáveis.

Corri para o andar de baixo para ajudá-lo a carregar as sacolas de compras e guardar a comida, depois voltei para *Jane Eyre* e ele desapareceu no escritório. Eu gostava de imaginá-lo lendo as cartas lá dentro sozinho, na espreguiçadeira, com os cigarros e o cinzeiro de cristal, a janela aberta para o ar salgado enquanto seus lábios formavam as palavras.

Eu me perguntava que tipos de cartas ele escrevia. Tinha vislumbres de livros antigos de poesia empilhados em sua mesa. Ficava pensando se ele os citava. Se escrevia seus próprios versos, ou se roubava alguns e fingia que eram dele.

E quem era essa Birdie? Devia ser a mais doce das senhoras. Esperando as cartas de vovô. Escrevendo as suas. Eu a imaginava em uma cadeira na varanda, tomando chá gelado e escrevendo com caligrafia perfeita. Quando não estava escrevendo para ele, devia estar podando flores ou pintando paisagens em aquarela.

Ou talvez ela fosse mais excêntrica. Talvez fosse o tipo de avó que falava palavrão e saía para dançar, que tinha um brilho malicioso nos olhos à altura daquele no olhar do vovô. Talvez ela o vencesse no pôquer e fumasse com ele até de madrugada quando eles encontrassem um jeito de ficar juntos, em vez de separados por vários estados. Quando eu não o estivesse prendendo mais.

Às vezes, esse pensamento me mantinha acordada à noite, como um peso no estômago. Se não fosse por minha causa, talvez ele fosse embora de São Francisco, rumo às Montanhas Rochosas. Além de mim, ele só tinha Jones, Freeman e Bo, e nem parecia mais gostar tanto deles assim. Ainda jogavam baralho como sempre, mas davam menos risadas.

— Posso interromper a leitura? Recebi uma coisa muito especial hoje — disse vovô.

Ele estava na sala, sorrindo para mim.

— Me mostra.

— Mostro — ele disse. — Mas, infelizmente, você não vai poder tocar. É frágil.

— Vou tomar cuidado.

— Fique sentada aqui e eu vou mostrar.

Revirei os olhos.

— Ah, marinheira — ele disse. — Não faça isso. Não seja assim. É especial.

Ele pareceu estar chateado, e eu me arrependi.

— Só vou olhar — eu disse.

Vovô assentiu.

— Estou empolgada — garanti.

— Vou buscar. Espere aqui.

Ele voltou com um tecido dobrado nas mãos, de um verde intenso. Quando deixou que se desdobrasse, vi que era um vestido.

Inclinei a cabeça.

— De Birdie — ele disse.

— Ela enviou um vestido?

— Eu queria uma coisa dela. Falei para me surpreender. Conta como presente se você pede?

Dei de ombros.

— Claro.

Alguma coisa chamou minha atenção no vestido. As alças eram bordadas; contas brancas e rosas decoravam a cintura.

— Parece um vestido que uma jovem usaria.

Vovô sorriu.

— Que garota esperta — ele disse em aprovação. — Ela contou que não se importava de mandar porque não é mais tão magra quanto antes. E que não é mais apropriado para uma mulher da idade dela.

Ele deu outra olhada no vestido, dobrou as laterais e enrolou, sem me deixar tocar. Então o abraçou contra o peito.

— É lindo — eu disse.

Mais tarde, enquanto ele lavava os pratos do jantar e eu os secava, perguntei:

— Vovô, por que você nunca fala sobre Birdie com seus amigos?

Ele sorriu para mim.

— Não quero me gabar — ele disse. — Nem todo mundo pode ter Birdie, e eu tenho.

Alguns dias depois, eu estava no chão da sala de Mabel olhando os álbuns de fotos.

— Eu não era a recém-nascida mais bonitinha do mundo — disse Mabel.

— Como assim? Você era perfeita. Olha só essa! — Ana apontou para uma fotografia de Mabel enrolada em um cobertor branco, bocejando.

— Preciso de uma mais... alerta.

Todos os alunos do último ano precisavam enviar uma foto de bebê para o anuário, e o prazo estava próximo. Eleanor, a editora daquele ano, ia chegando mais perto de um colapso nervoso a cada dia que passava. A voz dela no microfone durante os anúncios do dia soara bastante aguda. "Por favor", ela dissera. "Me mandem logo alguma coisa por e-mail."

— Você já escolheu a sua? — perguntou Ana, voltando ao sofá para retomar o desenho que estava fazendo.

— Não temos nenhuma.

Ela virou a página do bloco.

— Nenhuma?

— Acho que não. Vovô nunca me mostrou nada.

— Posso desenhar você?

— Sério?

— Só um desenhinho de dez minutos.

Ana bateu na almofada do sofá ao lado dela, e eu sentei. Ela observou meu rosto antes de levar o carvão ao papel. Olhou para meus olhos, minhas orelhas, meu nariz, as maçãs do meu rosto e meu pescoço, e também para as pequeninas sardas nas minhas bochechas, nas quais ninguém reparava. Esticou a mão e tirou meu cabelo de trás da orelha.

Começou a desenhar, e olhei para ela como se eu a estivesse desenhando também. Para os olhos, as orelhas e o nariz *dela*. Para o rubor nas suas orelhas e para suas linhas de expressão. Para os pontinhos castanhos mais claros no castanho mais escuro dos olhos. Ela olhava para o papel e então olhava para uma parte de mim. E cada vez que olhava para baixo, eu me via esperando que Ana me olhasse de novo.

— Pronto, achei duas — disse Mabel. — Esta diz que tenho dez meses, e finalmente pareço humana. Nesta estou um pouco mais velha, mas bem fofa, e olha que sou eu quem estou dizendo.

Ela balançou as fotos na nossa frente.

— Não tem erro — disse Ana, sorrindo ao ver as fotos.

— Eu voto na de bebê — disse. — Que coxas gordinhas! Uma foto muito fofa.

Mabel foi digitalizar e enviar as fotos, e Ana e eu ficamos sozinhas na sala.

— Só mais alguns minutos — ela avisou.

— Tudo bem.

— Quer ver? — perguntou quando terminou.

Eu assenti, e Ana colocou o bloco no meu colo. A garota no papel era eu e não era. Nunca tinha me visto desenhada antes.

— Olha. — Ana me mostrou as mãos, cobertas de carvão. — Preciso me lavar, mas estou pensando numa coisa. Vem comigo. — Eu a segui pela sala até a cozinha, onde ela abriu a torneira de metal com o pulso e deixou a água correr pelas mãos. — Eu acredito que seu avô deve ter alguma coisa para dar para você. E mesmo que ele não tenha *muitas* fotos, deve ter pelo menos uma ou duas.

— E se ele não ficou com as coisas da minha mãe?

— Você é neta dele. Tinha quase três anos quando ela morreu, não é? Já devia ter uma fotografia. — Ana secou as mãos em um pano de prato verde. — Pergunte a seu avô. Acho que, se você pedir, ele vai encontrar *alguma coisa*.

Quando cheguei em casa, vovô estava tomando chá na cozinha. Eu sabia que era naquela hora ou nunca. Eu perderia a coragem se esperasse até de manhã.

— Temos que mandar fotografias de bebê para a seção de formandos do anuário. Você tem alguma minha guardada? — Eu me mexi com inquietação. Minha voz soara aguda e trêmula. — Não precisa ser muito bebê. Até dois ou três anos. Ainda pequena. Tudo bem se não tivermos nenhuma, mas achei que devia perguntar.

Vovô ficou completamente parado, olhando para o chá.

— Vou dar uma olhada e ver se encontro alguma coisa.

— Seria ótimo.

Ele abriu a boca para dizer alguma coisa, mas deve ter mudado de ideia. No dia seguinte, quando cheguei em casa da escola, ele estava me esperando na sala. Não olhou para mim.

— Marinheira — vovô disse. — Eu tentei, mas...

— Tudo bem — eu disse depressa.

— Tanta coisa se perdeu.

— Eu sei. — disse, chateada por fazê-lo dizer aquilo e por ter trazido à mente lembranças do que fora perdido. Pensei na forma como ele gritara com a orientadora. "E você acha que precisa me *lembrar* de eu me lembrar delas?"

— Sério, vovô. — Ele ainda não conseguia olhar para mim. — *De verdade*. Está tudo bem.

Eu devia saber, mas perguntei mesmo assim. Estava aborrecida porque o tinha chateado e porque tinha me permitido ter esperanças por uma coisa que não existia.

Andei pela Ocean Beach por muito tempo, até chegar às pedras embaixo do Cliff House, e voltei. Ainda não estava pronta para ir pra casa, então me sentei numa duna e olhei as ondas da tarde. Uma mulher de cabelo castanho e roupa de surfe estava por perto, e depois de um tempo foi se sentar ao meu lado.

— Oi — ela disse. — Sou Emily. Eu era amiga de Claire.

— É, eu reconheço você.

— Ele tem vindo aqui com mais frequência, não é? — Ela apontou para a beira d'água e ali estava vovô, ao longe, andando sozinho. — Eu não o via fazia tempo. Agora o vejo quase toda semana.

Eu não sabia responder. Além das idas ao mercado e dos jogos de pôquer, as idas e vindas do vovô eram um mistério para mim. Já o tinha encontrado na praia algumas vezes, mas eu não costumava estar ali naquele horário.

— Ele era um bom surfista — ela contou. — Melhor do que a maioria de nós, apesar de ser mais velho.

Vovô nunca falou comigo sobre surfar, mas, às vezes, fazia comentários sobre as ondas que demonstravam que ele sabia muito sobre o mar. Eu desconfiava que tinha surfado em algum momento da vida, mas nunca perguntara.

— Teve um dia — disse Emily —, uns dois meses depois que Claire morreu... Você conhece essa história?

— Pode ser — eu disse, apesar de não conhecer nenhuma história. — Mas pode contar.

— Ninguém o tinha visto no mar desde que a perdemos. Era sábado, e muitos de nós tinham ido para a água. Ele apareceu com a prancha na areia. Sabíamos que tínhamos que fazer alguma coisa. Para mostrar nosso respeito e nossa dor. Então, saímos da água. Chamamos os que não o tinham visto. Não demorou para só estar ele no mar, e todos nós enfileirados, olhando. Ficamos assim por muito tempo. Não lembro quanto, mas até ele terminar. Então ele voltou, pôs a prancha embaixo do braço e passou direto, como se fôssemos invisíveis. Nem sei se ele reparou que a gente estava lá.

Vovô estava mais perto de nós agora, mas eu sabia que não olharia em volta e me veria, então decidi não chamá-lo. Uma onda quebrou e o pegou de surpresa, mas ele nem tentou fugir. A calça ficou encharcada até os joelhos, porém vovô continuou andando como se nada tivesse acontecido.

Emily franziu a testa.

— Sei que não preciso dizer isso, mas às vezes é perigoso aqui. Mesmo para quem está só andando.

— É — disse, e senti o medo chegando, misturado com culpa. Despertei lembranças que ele tinha se esforçado para esquecer? Meu pedido fez com que viesse até aqui? — É melhor eu falar com ele sobre isso.

Ela ficou olhando para vovô.

— Ele já sabe.

capítulo seis

ESTAMOS ESPERANDO NO PONTO de ônibus, na neve.
Mabel já tinha tomado banho e se vestido quando acordei. Abri os olhos e ela disse:
— Vamos tomar café da manhã em algum lugar. Quero ver a cidade.
Mas eu sabia que ela só queria ir para outro lugar, onde não estivéssemos só nós duas presas num quarto carregado das coisas que não estávamos dizendo.
Agora, estamos na calçada de uma rua coberta por neve, com árvores e montanhas em todas as direções. De vez em quando, um carro passa, e sua cor se destaca no branco.
Azul.
Vermelho.
— Meus dedos dos pés estão dormentes — ela diz.
— Os meus também.
Um carro preto, um carro verde.
— Não consigo sentir o rosto.
— Nem eu.

Mabel e eu já pegamos ônibus juntas milhares de vezes, mas quando ele aparece ao longe, nada é familiar. A paisagem está errada, a cor está errada, o destino e o número estão errados, o preço da passagem está errado e o motorista tem o sotaque errado quando diz:

— Vocês sabem da tempestade de neve, né?

Damos passos hesitantes, sem saber até onde devemos ir ou quem vai sentar primeiro. Mabel me deixa ir à frente, como se só porque moro aqui soubesse qual é o lugar certo para nós. Sentamos na parte de trás.

Não sei como seria uma tempestade de neve. Ela cai tão macia, não parece granizo. Não parece nem aquela chuva tão forte que acorda você ou do tipo que derruba galhos de árvore na rua.

O ônibus segue em frente lentamente, apesar de não haver tráfego.

— Dunkin' Donuts — diz Mabel. — Já ouvi falar.

— Todo mudo gosta do café de lá.

— É bom?

Dou de ombros.

— Não é como o café com que estamos acostumadas.

— Porque é só café?

Puxo uma linha solta na ponta do dedo da luva.

— Na verdade, eu nunca experimentei.

— Ah.

— Acho que é tipo um café de lanchonete.

Fico longe de lanchonetes agora. Sempre que Hannah e as amigas sugerem sair para comer, tento descobrir o nome do lugar primeiro e pesquiso. Elas me provocam e dizem que sou fresca com comida, uma incompreensão fácil de deixar passar, mas não é isso. Só tenho medo de que alguma coisa me pegue de surpresa um dia. Café velho. Quadradinhos de queijo. Tomates duros, tão verdes que ainda estão brancos no meio. As coisas mais inocentes podem remeter às mais terríveis.

Quero ficar mais perto de uma janela, então chego para o lado. Sinto o vidro gelado, apesar da luva, e agora que estamos perto do centro, tem postes de luz ladeando as ruas.

Durante toda a minha vida, o inverno significou céu cinzento e chuva, poças e guarda-chuvas. Nunca foi assim.

Guirlandas nas portas. Menorás em parapeitos de janelas. Árvores de Natal cintilando entre as cortinas. Encosto a testa no vidro e vejo meu reflexo. Quero fazer parte do mundo lá fora.

Chegamos à nossa parada e saímos no frio. O ônibus se afasta e vemos uma árvore iluminada com enfeites dourados no meio da praça.

Meu coração se expande.

Por mais antirreligioso que o vovô fosse, ele adorava a festa. Todos os anos, comprávamos uma árvore na Delancey Street. Homens com tatuagens de prisão a amarravam no teto do carro, e nós mesmos a levávamos escada acima. Eu pegava os enfeites no armário do corredor. Eram todos velhos. Não sabia quais minha mãe tinha comprado e quais eram ainda mais antigos, mas não importava. Eram minha única prova de uma família maior do que nós dois. Podíamos ser tudo o que tinha restado, mas ainda éramos parte de uma coisa maior. Vovô fazia biscoitos e gemada.

Ouvíamos músicas de Natal no rádio e pendurávamos os enfeites, depois sentávamos no sofá e nos encostávamos com nossas canecas e pratos cheios de migalhas para admirar nosso trabalho.

— Jesus Cristo — ele dizia. — Isso que é uma *árvore*.

A lembrança mal ressurgiu e logo a dúvida se instalou. *Era mesmo assim?* Sinto um enjoo no estômago. *Você achava que o conhecia.*

Quero comprar presentes para as pessoas.

Algo para Mabel. E também para enviar para Ana e Javier. Alguma coisa para deixar na cama de Hannah, para quando ela voltar das férias, ou pra levar comigo para Manhattan se eu for mesmo vê-la.

A janela da lojinha de artesanato está iluminada. Parece cedo para estar aberta, mas aperto os olhos e vejo que a placa na porta diz ENTRE.

A primeira vez que vim foi no outono, e eu estava nervosa demais para olhar tudo com atenção. Nunca tinha saído com Hannah e as amigas dela. Ficava dizendo para mim mesma para agir normalmente, rir com todo mundo, dizer alguma coisa de vez em quando. Elas não queriam passar muito tempo aqui dentro, entrávamos e saíamos de várias lojas, mas achei tudo tão lindo que não consegui sair de mãos vazias.

Eu escolhi as tigelas amarelas. Eram pesadas e alegres, do tamanho perfeito para cereal ou sopa. Agora, toda vez que Hannah usa uma, suspira e diz que queria ter comprado algumas para ela também.

Não tem ninguém no balcão quando Mabel e eu entramos, mas a loja está quente e colorida, cheia de tons terrosos e vidros coloridos. Um forno a lenha brilha, quente, e tem um cachecol pendurado em uma cadeira de madeira.

Vou na direção da prateleira das tigelas primeiro, para escolher o presente de Hannah. Pensei em comprar um par igual ao meu, mas tem mais cores agora, inclusive uma verde-musgo que sei que ela adoraria. Pego e olho para Mabel. Quero que ela goste deste lugar.

Ela encontrou uma fileira de sinos grandes pendurados em cordas grossas. Cada sino tem uma cor e um tamanho diferente, e um desenho entalhado. Ela toca um e sorri com o som que faz. Sinto que fiz uma coisa certa ao trazê-la para cá.

— Ah, oi!

Uma mulher aparece em uma porta atrás do balcão, as mãos levantadas, cobertas de argila. Eu me lembro dela da primeira visita. Por algum motivo, não pensei na ocasião que era a própria artesã, mas saber disso torna tudo ainda melhor.

— Eu já vi você — ela recorda.

— Vim uns meses atrás com minha colega de quarto.

— Bem-vinda novamente — ela diz. — É bom ver você outra vez.

— Vou deixar estas no balcão enquanto olho mais um pouco — digo, colocando as tigelas verdes lá.

— Sim, claro. Me avisem se precisarem de mim. Estou aqui atrás terminando uma coisa.

Eu coloco as tigelas ao lado de uma pilha de cartões-postais convidando para a festa de aniversário de três anos da loja.

Eu achava que era mais antiga. É tão calorosa e animada. Eu me pergunto o que a mulher fazia antes. Devia ter a idade dos pais de Mabel, com cabelo louro-acinzentado penteado para trás e preso com uma fivela, e rugas nos olhos quando sorri. Não reparei se usava aliança. Não sei por que, mas sinto que aconteceu alguma coisa com ela, que tem dor por trás do sorriso. Senti na primeira vez. Quando recebeu meu dinheiro, pareceu que ela queria me manter aqui. Eu me pergunto se tem uma corrente secreta que une as pessoas que perderam alguma coisa. Não da forma que todo mundo perde alguma coisa, mas da forma que destrói sua vida, te destrói, e quando você olha para o próprio rosto, não parece mais seu.

— Para quem são as tigelas? — pergunta Mabel.

— Para Hannah.

Ela assente.

— Também quero comprar um presente para os seus pais — eu digo. — Você acha que eles gostariam de alguma coisa daqui?

— De qualquer coisa — ela diz. — Tudo aqui é tão bonito.

Nós olhamos outras coisas juntas e eu dou uma volta enquanto Mabel se concentra nos sinos. Eu a vejo olhar o preço de um. Ana e Javier têm flores em todos os aposentos da casa, então dou uma olhada nos vasos.

— Que tal este? — pergunto, mostrando um redondo que é de um rosa pálido, sutil o bastante para ficar bom na sala clara.

— É perfeito — ela diz. — Eles vão amar.

Escolho um presente para mim mesma também: um vaso da mesma cor. Deixei minha peperômia no plástico por muito tempo, mas assim ela vai ficar bem mais bonita.

A artesã está sentada junto ao balcão agora, fazendo algumas anotações, e quando levo o vaso até ela sou tomada pela vontade de ficar aqui. Entrego meu cartão de débito depois que ela me diz o total e reúno coragem para perguntar:

— Por um acaso... — começo, enquanto ela embrulha a primeira tigela em papel de seda — você está precisando de uma ajudante?

— Ah — ela diz. — Quem me dera! Mas sou só eu. É um negócio pequenininho.

— Tudo bem — digo, tentando não parecer muito decepcionada. — É que eu adoro a sua loja e pensei em perguntar.

Ela para de embrulhar a tigela.

— Obrigada. — Sorri para mim e, em pouco tempo, me entrega uma sacola com os vasos e as tigelas embrulhados.

Mabel e eu voltamos para a rua coberta de neve.

Passamos rapidamente por um pet shop e por uma agência dos correios e entramos num café, as duas tremendo. Só uma mesa está ocupada, e a garçonete parece surpresa de nos ver. Ela pega dois cardápios em uma pilha.

— Vamos fechar cedo por causa da tempestade de neve — ela avisa. — Mas podemos servir alguma coisa se forem rápidas.

— Claro — concordo.

— Tudo bem — diz Mabel. — Sem problemas.

— Querem que traga um café ou um suco de laranja?

— Tem cappuccino? — pergunto.

Ela assente.

— Dois — diz Mabel. — E vou querer uma porção pequena de panquecas.

Passo os olhos pelo cardápio.

— Ovos Benedict, por favor.

— Certo — ela diz. — Me deem licença só um pouquinho...

Ela se inclina por cima da nossa mesa e vira a placa na janela para que a palavra FECHADO fique virada para fora. Do nosso lado, perfeitamente posicionada entre a cadeira de Mabel e a minha, ela diz ABERTO. Se estivéssemos num conto, teria algum significado.

A garçonete se afasta e nos viramos para a janela. A neve está caindo de um jeito diferente; vem vindo mais do céu.

— Não consigo acreditar que você mora em um lugar tão frio.

— Pois é.

Nós ficamos olhando em silêncio. Em pouco tempo, nossos cafés chegam.

— Mas é bonito — digo. — Não é?

— É. É, sim.

Ela estica a mão para os envelopes de açúcar, pega um rosa, um branco, um azul, enfileira os três e pega mais. Não sei como interpretar as mãos nervosas e a expressão distante. A boca é uma linha apertada. Em outro momento da vida, eu teria me inclinado por cima da mesa e dado um beijo nela. Em um momento anterior, teria sabotado o que ela estava fazendo, espalhando os pacotinhos pela mesa. Se eu pudesse voltar até quando nos conhecemos, teria construído um padrão cuidadoso só meu, que encontraria com o dela no meio do caminho.

— Será que a gente pode voltar ao motivo de eu ter vindo aqui? — indaga Mabel.
Meu corpo se contrai. Eu me pergunto se ela percebe.
Não quero que ela liste todos os motivos pelos quais eu deveria voltar a São Francisco, para a casa dos pais dela, porque sei que todos vão ser bons. Não vou ter argumentos lógicos contra eles. Só vou parecer boba ou ingrata.
— Eu quero dizer sim.
— E você pode. Só precisa se permitir. Você passava metade do tempo lá em casa mesmo.
Ela está certa.
— Podemos nos ver nos recessos e nas férias, e você vai ter um lugar para ir, um lar. Meus pais querem ajudar você sempre que precisar. Dinheiro ou só conselhos, o que for. Nós podemos ser como irmãs — ela diz, e então fica paralisada.
Meu coração despenca, aquilo ecoa na minha cabeça.
Ajeito o cabelo atrás da orelha. Olho para a neve.
— Eu não...
Ela se inclina para a frente e segura a cabeça com as mãos. Penso em como o tempo passa de forma diferente para pessoas diferentes. Mabel e Jacob, os meses deles em Los Angeles, fazendo coisas, vendo coisas, indo a lugares. Passeios, o mar. Tanta vida condensada no dia. E eu no meu quarto. Molhando minha planta. Fazendo macarrão instantâneo. Limpando minhas tigelas amarelas noite após noite após noite.
— Tudo bem — eu digo.
Mas não está tudo bem.

Tempo demais passa sem ela se mexer.

— Entendi o que você quis dizer — garanto.

Nossos pratos chegam. Xarope de bordo para as panquecas. Ketchup para as batatas que acompanham os ovos. Nós nos ocupamos com a comida, mas não parecemos ter fome. Na hora em que a conta chega, o celular de Mabel toca. Ela coloca o cartão de crédito em cima da conta.

— Deixa comigo, ok? — ela diz. — Já volto.

Mabel vai com o celular para os fundos do lugar e senta em uma mesa vazia, de costas para mim.

Saio de lá.

A neve está caindo com mais força agora. Um funcionário do pet shop pendura uma placa de FECHADO na vitrine, mas fico aliviada de encontrar a loja de artesanato aberta.

— Você outra vez! — diz a artesã.

Eu abro um sorriso. Estou um pouquinho constrangida de voltar, mas vejo que ela fica feliz quando coloco o sino em cima do balcão.

— Não queria que minha amiga visse — explico.

— Posso embrulhar em papel de seda e você guarda dentro do casaco — ela diz.

— Perfeito.

A mulher age rapidamente, sabendo que estou com pressa, mas faz uma pausa.

— De quantas horas por semana você gostaria? — ela pergunta. — De trabalhar?

— Estou aberta a qualquer coisa.

— Depois que você saiu, fiquei pensando... Seria bom ter ajuda. Mas não posso pagar muito, e seriam só alguns turnos por semana.

— Seria ótimo — digo. — Estou na faculdade, então preciso de tempo para estudar. Alguns turnos seria ótimo.

— Você gostaria de fazer cerâmica? A gente poderia pensar em alguma coisa na qual você pudesse usar o forno. Para compensar o fato de que não posso pagar muito.

Um calor se espalha em mim.

— É mesmo?

Ela sorri.

— É. Meu nome é Claudia.

— Meu nome é Marin.

— *Marin*. Você é da Califórnia?

Faço que sim.

— Passei alguns meses em Fairfax. Caminhava na floresta de sequoias todos os dias.

Forço um sorriso. Ela está esperando que eu fale mais, mas não sei o que dizer.

— Você deve estar no meio das férias escolares... mas ainda está aqui.

Uma preocupação surge no olhar dela. Fico me perguntando o que vê por trás dos meus olhos. *Por favor, não faça merda agora*, digo para mim mesma.

— Fairfax é linda — comento. — Sou de São Francisco, mas minha família não mora mais lá. Posso te passar meus contatos? Aí você me avisa se realmente quiser uma ajudante.

— Claro — responde Claudia, me entregando um bloco e uma caneta. Quando devolvo para ela, diz: — Falo com você no começo de janeiro. Logo depois do Ano-Novo.

— Mal posso esperar.

— Tchau, Marin. — Ela me entrega o sino embrulhado em papel de seda. Antes de soltar, me olha nos olhos e diz: — Aproveite as festas.

— Você também.

Meus olhos estão ardendo quando saio.

No café, Mabel não está na outra mesa, tampouco na nossa mesa, então coloco o sino dela na sacola com os outros presentes e espero. Fico me imaginando na loja. Recebo dinheiro de um cliente e conto o troco. Embrulho tigelas amarelas em papel de seda e digo: *Também tenho dessas*. E então: *De nada*. Ou: *Feliz Ano-Novo*. Tiro o pó de prateleiras e varro o chão. Aprendo a acender o forno.

— Desculpa — diz Mabel, sentando à minha frente.

A garçonete aparece um momento depois.

— Vocês voltaram! Achei que as duas tinham ido embora em pânico e esquecido o cartão de crédito.

— Onde *você* estava? — pergunta Mabel.

Eu dou de ombros.

— Acho que desapareci por um minuto.

— Você é boa nisso — ela diz.

capítulo sete

JUNHO

ANA ESTAVA DO LADO de fora quando abrimos o portão do jardim de Mabel. Usava o avental de pintura, com o cabelo desgrenhado preso com fivelas douradas, olhando para a colagem mais recente com um pincel e um pedaço de lã na mão.

— Meninas! — exclamou. — Preciso de vocês.

Eu tive vislumbres de seus trabalhos em desenvolvimento nos três anos e meio em que fui amiga de Mabel. Sempre sentia uma empolgação, mas agora havia algo diferente no ar. As colagens de Ana tinham sido expostas por galerias famosas de São Francisco, Nova York e Cidade do México durante anos, mas nos últimos meses a mãe de Mabel vendera trabalhos para três museus diferentes. Sua fotografia começara a aparecer em revistas. Javier as deixava em lugares de destaque por toda a casa, abertas nos artigos sobre Ana. Ela levantava as mãos cada vez que via uma, então a pegava e guardava. "Eu vou ficar metida", dizia. "Escondam isso de mim."

— É mais simples do que o habitual — disse Mabel agora, e pareceu sincera.

Era um céu noturno, com camadas suaves de preto e estrelas brilhando tanto que quase cintilavam. Cheguei mais perto. Elas cintilavam mesmo.

— Como você fez isso? — perguntei.

Ana apontou para uma tigela de pedras brilhantes.

— É ouro de tolo — disse. — Transformei em pó.

Havia tanta coisa por baixo da camada superior. Era discreto, talvez, mas não simples.

— Não consigo decidir o que acrescentar. Falta alguma coisa, mas não sei o quê. Já tentei essas penas. Já tentei corda. Quero uma coisa náutica. *Acho.*

Eu entendia por que ela se sentia bloqueada. O que Ana produzia era tão lindo. Como poderia acrescentar alguma coisa sem estragar?

— Enfim — disse Ana, colocando os pincéis de lado. — Como estão minhas meninas esta noite? Foram fazer compras?

Tínhamos passado uma hora na Forever 21 experimentando vestidos para a festa de Ben e agora carregávamos sacolas iguais, cada uma com um vestido idêntico, exceto pela cor. O de Mabel era vermelho e o meu era preto.

— Vocês comeram? Javier fez *pozole.*

— A festa já começou, e nós não podemos demorar... — disse Mabel.

— Comam no quarto.

— Mal posso esperar para ver o que você vai decidir fazer.

Ana virou para a tela e suspirou.

— Eu também, Marin. Eu também.

Entramos e começamos a nos maquiar, passando sombra entre colheradas de sopa e tortilhas. Mabel virou a caixa de bijuterias na cama e remexemos em tudo. Escolhi pulseiras douradas e brincos verdes brilhantes. Mabel escolheu uma pulseira de couro trançada. Pensou em trocar os brinquinhos de ouro por outros, mas decidiu ficar como estava. Esmigalhamos as tortilhas e tomamos com o resto da sopa. Tiramos as camisetas e colocamos os vestidos, então tiramos as calças jeans e nos olhamos no espelho.

— Diferentes o suficiente — eu disse.

— Como sempre.

Desde que nos conhecemos, adorávamos a simetria dos nossos nomes. Um M seguido de uma vogal, uma consoante, uma vogal e uma consoante. Achávamos isso importante. Devia significar alguma coisa. Como se um sentimento parecido tivesse sido compartilhado pelas nossas mães quando escolheram como nos chamaríamos. Como se o destino já estivesse trabalhando. Podíamos estar em países diferentes, mas era só questão de tempo até nos esbarrarmos.

Estávamos nos arrumando para a festa, mas o tempo passava e não tínhamos pressa. O verdadeiro evento éramos nós duas no quarto. Ficávamos passando mais maquiagem, apesar de quase não usarmos nada, e comendo *pozole* até que precisávamos ir à cozinha pegar mais.

Estávamos voltando para o quarto de Mabel quando ouvi Ana e Javier conversando na sala.

— Que sopa boa! — eu disse para ele.

Foi Ana quem respondeu:

— Queremos ver vocês arrumadas!

Eles estavam deitados juntos no sofá, Javier com um livro, Ana mexendo em uma caixa de pequenos objetos, com a mente ainda na colagem, tentando resolver o mistério do que devia usar em seguida.

— Ah! — ela disse quando viu nossa roupa, com consternação no rosto.

— *Não, não-não-não-não* — disse Javier.

— O que isso quer dizer? — perguntou Mabel.

— Que vocês duas não vão sair de casa com esses vestidos — disse Javier.

— Para com isso — disse Mabel. — Está falando sério?

Javier disse alguma coisa severa em espanhol, e o rosto de Mabel ficou vermelho de indignação.

— *Mãe* — ela pediu.

Ana olhou para Mabel e depois para mim. Então ela focou na filha e disse:

— Parece lingerie. Desculpa, *mi amor*, mas você não pode sair assim.

— Mãe — disse Mabel. — Não temos mais tempo!

— Você tem um monte de roupas — disse Javier.

— Que tal aquele vestido amarelo? — perguntou Ana.

Mabel suspirou e subiu a escada batendo os pés. Me vi parada na frente deles, usando o mesmo vestido e esperando que me dissessem alguma coisa. Senti o calor subir no meu rosto também, mas de constrangimento, não de indignação. Queria saber como era. Queria que me dissessem não.

Javier já tinha voltado para o livro, mas Ana olhava para mim. Percebi que estava decidindo alguma coisa. Ainda não sei o que teria dito se eu esperasse mais um pouco. Se é que teria dito alguma coisa. Mas a possibilidade de não me mandar trocar de roupa era arrasadora. Vovô nunca olhava para minhas roupas. Não esperei para ver se os olhos dela voltariam até mim e se as palavras certas viriam em seguida. Ouvi a porta de Mabel bater e corri atrás. Ela estava revirando as gavetas e dizendo que todas as suas roupas eram horríveis, mesmo as boas, mas não ouvi porque estava tentando decidir o que fazer. Eu tinha a calça jeans que estava usando antes, mas minha blusa era simples demais. Então tirei o vestido e peguei uma tesoura na escrivaninha. Cortei abaixo da cintura.

— O que você está fazendo? — disse Mabel. — Você não precisa trocar de roupa.

— Vai ficar melhor assim — eu disse.

Vesti a calça jeans e botei a barra desfiada do que era um vestido para dentro. Olhei no espelho e era verdade: tinha ficado melhor. Quando descemos novamente, Javier elogiou a roupa nova de Mabel e beijou sua testa enquanto ela murmurava "Não enche" e revirava os olhos. Ana pulou de onde estava no sofá e segurou minhas mãos.

— Você está linda — disse. — Boa escolha.

Estava vibrando de gratidão quando saímos de casa. Os pais de Mabel disseram para não pegarmos carona com amigos caso tivessem bebido, para não irmos caminhando se passasse das onze e para pegarmos um táxi nesse caso. Respondemos que tudo bem. Seguimos pela Guerrero Street, uma garota e sua melhor amiga que fazia boas escolhas.

Tinha gente demais na casa de Ben. A sala estava lotada, e era difícil ouvir o que diziam para nós. Mabel fez sinal para a cozinha, e eu balancei a cabeça. Não valia a pena, estava cheia também. Tive um vislumbre de Ben e peguei a mão de Mabel.

— Cadê a Laney? — perguntei a ele quando estávamos acomodadas no tapete verde e macio, as luzes da cidade entrando pelas janelas, a nostalgia de tudo tomando conta de mim.

No sétimo ano, Ben e eu passamos alguns meses nos beijando até percebermos que era mais divertido conversar. Eu não entrava naquela sala havia muito tempo, mas, mesmo com tanta gente lá e com o barulho todo, o jeito como as pessoas se exibiam umas para as outras e iam ficando loucas, eu me lembrava das nossas tardes tranquilas, só nós e sua cachorrinha, depois que descobrimos que devíamos ser só amigos.

— Eu a tranquei no quarto dos meus pais — ele respondeu. — Ela fica nervosa com gente demais. Mas você pode ir lá se quiser. Lembra onde ficam os biscoitos?

— Lembro — eu disse. — Lembro, sim.

Fazia anos, mas eu conseguia visualizar a lata de biscoitos caninos em uma prateleira ao lado de uma pilha de livros de receita. Segui por entre as pessoas até o corredor junto à cozinha, e ali estava a lata, como eu me lembrava. O quarto dos pais de Ben estava silencioso, e Laney choramingou quando entrei. Fechei a porta e me sentei no tapete, dei cinco biscoitos, um depois do outro, como fazíamos quando Ben e eu tínhamos treze anos.

Fiquei lá fazendo carinho na cabeça dela por mais um tempo, e me senti especial por estar em um lugar onde as outras pessoas não tinham permissão de ir.

Quando voltei para a sala e me sentei entre Mabel e Ben, eles estavam no meio de uma conversa com o pessoal.

— Somos basicamente os únicos adolescentes da cidade — disse um garoto. — Todas as escolas particulares estão preocupadas porque estão perdendo alunos a cada ano.

Courtney disse:

— Talvez a gente se mude.

— O quêêê? — Ben balançou a cabeça. — Você é minha vizinha, tipo, desde *sempre*.

— Eu sei. É loucura. Mas divido o quarto com meu irmão, e isso não é mais legal. Quando ele era pequeno, tudo bem. Mas agora que está chegando à adolescência...

— Para onde vocês iriam? — perguntei.

São Francisco sempre me pareceu uma ilha, cercada pela mítica East Bay, com seus restaurantes e parques, e pela North Bay, com sua riqueza e suas sequoias. O sul da cidade era onde nossos mortos eram enterrados, mas não minha mãe, cujas cinzas voltaram para o mar que a matou e que ela tanto amava. Mais ao sul ficavam pequenas cidades litorâneas, o Vale do Silício e Stanford. Mas as pessoas, todo mundo que eu conhecia, todo mundo que sempre conheci, moravam na cidade.

— Contra Costa — disse Courtney.

— Que horror — disse Ben.

— Você nem deve conhecer.

— Acho que não mesmo.

— Esnobe! — Courtney deu um soco na perna dele. — É legal lá. Tem muitas árvores. Estou animada com os três quartos.

— Nós temos três quartos. Não deve ser tão difícil de encontrar. Talvez em Sunset. É onde Marin mora.

— Como é a sua casa? — perguntou Courtney.

— Bem grande — eu disse. — Acho que tem três quartos.

— Como assim, *acha*?

— Meu avô mora na parte de trás e eu moro na parte da frente. Acho que tem dois quartos lá atrás. Talvez três.

Courtney apertou os olhos.

— Você *nunca* foi na parte de trás da sua casa?

— Não é tão estranho — respondo. — Ele tem um escritório e um quarto, mas o quarto dá em alguma coisa, um closet grande ou um quartinho. Não tenho certeza se tecnicamente é um quarto ou não.

— Se é ligado a outro quarto, não — informou Eleanor, filha de agentes imobiliários.

— Ah — eu disse. — Então são três quartos.

— Pode ser uma sala de estar — disse Eleanor. — Muitas casas antigas têm uma junto ao quarto principal.

Assenti, mas a verdade era que eu não tinha certeza. Só tinha vislumbrado o lugar pelo escritório dele umas duas vezes, mas as coisas eram assim entre a gente. Eu dava privacidade a vovô e ele me dava o mesmo. Mabel adoraria isso. Ana sempre remexia nas gavetas dela.

Conforme a noite foi passando e as pessoas foram chegando e indo embora, o volume da música foi abaixando por causa dos vizinhos. O álcool rolou e acabou, e eu pensava na expressão de Courtney. Os olhos apertados. O tom de voz. *Você nunca foi na parte de trás da sua casa?*

Ela estava certa. Eu não tinha ido lá.

Só tinha parado na porta algumas noites, quando ele estava no escritório, sentado à mesa, fumando, batendo as cinzas no cinzeiro e escrevendo cartas à luz de um abajur antiquado, verde com uma corrente de bronze. Na maior parte do tempo, a porta estava fechada, mas de vez em quando uma fresta ficava aberta, sem querer, provavelmente.

Às vezes eu gritava "boa noite" e ele respondia. Mas, na maioria das vezes, eu passava em silêncio, tentando não perturbar o vovô, até chegar ao nosso território compartilhado e ao meu quarto, onde ninguém mais entrava além de Mabel.

– O que foi? – ela perguntou enquanto esperávamos um táxi embaixo de um poste de luz na calçada. Balancei a cabeça. – Courtney foi meio agressiva, né?

Dei de ombros.

– Não importa.

Eu ainda estava pensando no vovô à mesa dele. Ainda me perguntava por que ficava em silêncio quando passava pelos seus aposentos.

Eu só estava dando privacidade a ele. Vovô era velho; os brancos dos seus olhos pareciam ficar mais amarelos a cada semana e ele tossia como se uma coisa estivesse prestes a se soltar lá dentro. Uma semana antes, eu vira um ponto vermelho no lenço quando ele o afastara da boca. Ele precisava de descanso e silêncio. Precisava poupar suas forças. Eu só estava tendo consideração. Qualquer um faria o mesmo.

Mas, ainda assim... dúvidas, dúvidas.

O táxi parou e entramos atrás. O motorista olhou para Mabel pelo retrovisor quando ela disse o endereço.

Ele sorriu e falou alguma coisa em espanhol. O tom de flerte era tão claro que não precisei de tradução.

Ela revirou os olhos.

— México? — ele quis saber.

— *Sí.*

— Colômbia — ele disse.

— *Cem anos de solidão* é um dos meus livros favoritos.

Eu fiquei constrangida antes mesmo de terminar a frase. Não era porque ele era da Colômbia que se importaria.

Ele ajeitou o retrovisor e olhou para mim pela primeira vez.

— Você gosta de García Márquez?

— Adoro. E você?

— Se *adoro*? Não. Mas admiro.

Ele entrou à direita na Valencia. Ouvimos uma gargalhada vinda da calçada, ainda cheia de gente.

— *Cien años de soledad* — ele disse. — É um dos seus livros favoritos? De verdade?

— É difícil de acreditar?

— Muitas pessoas amam esse livro. Mas você é tão *nova*.

Mabel falou alguma coisa em espanhol. Bati na perna dela, que segurou minha mão. Com força.

— Você é mais inteligente do que devia — disse Mabel.

— Ah. — Eu sorri para ela. — Obrigada.
— Sim. Mas não foi por isso que perguntei — ele disse.
— É por causa do incesto? — falei.
— Rá! Isso também. Mas não.

Ele parou na porta da casa de Mabel e desejei que desse uma volta no quarteirão. Ela estava encostada em mim; tinha soltado minha mão, mas ainda estávamos nos tocando. Eu não sabia por que era tão bom, mas não queria que parasse. E o motorista estava tentando me dizer alguma coisa sobre o livro que eu lera tantas vezes. Que tentava entender melhor e sobre o qual vivia descobrindo coisas. Queria que ele ficasse dando voltas a noite toda. O corpo de Mabel e o meu relaxariam um no outro. O carro se encheria de ideias sobre a família Buendía, apaixonada e torturada, sobre a anteriormente grandiosa cidade de Macondo, sobre o jeito como García Márquez criava magia em suas frases.

Mas ele parou o carro. E virou para me ver melhor.

— Não estou falando da dificuldade. Não estou falando do sexo. Estou querendo dizer que tem falhas demais. Não tem esperança suficiente. Tudo é desespero. Tudo é sofrimento. O que quero dizer é que você não deveria ser uma pessoa que procura a dor. A vida já tem o suficiente disso.

E, assim, acabou. O trajeto de carro, a discussão, o corpo de Mabel no meu. Estávamos entrando no jardim e eu tentava relembrar tudo. A noite ficou mais fria de repente, e a voz de Courtney voltou à minha cabeça.

Eu queria que fosse embora.

Subimos a escada até o quarto de Mabel, e ela fechou a porta.

— E então, ele estava certo? — ela questionou. — Você é o tipo de pessoa que procura a dor? Ou só gosta daquele livro?

— Não sei — eu disse. — Mas eu não acho que seja.

— Nem eu — ela disse. — Mas achei interessante o que ele falou. Acreditava que era mais o contrário. Eu tinha afastado a dor. E a encontrara nos livros. Chorava pela ficção em vez de chorar pela verdade. A verdade era irrestrita, sem enfeites. Não havia linguagem poética nela, nem borboletas amarelas, nem inundações épicas. Não havia uma cidade presa embaixo d'água nem gerações de homens com o mesmo nome, destinados a repetir os mesmos erros. A verdade era ampla o bastante para se afogar nela.

— Você parece distraída — disse Mabel.

— Só estou com sede — menti. — Vou beber água.

Desci a escada descalça, fui até a cozinha e acendi a luz. Peguei um copo e quando virei para enchê-lo vi que Ana tinha deixado a colagem em pé ali com um bilhete que dizia: *Gracias, Marin. Era exatamente disso que eu precisava.*

Cetim preto, os restos do meu vestido, agora formavam ondas no pé da tela. Era uma noite negra com um mar negro. Mas a luz da cozinha cintilava nos pontinhos de estrelas de ouro de tolo, e das ondas explodiam conchas pintadas à mão, brancas e rosa, do tipo que minha mãe amava.

Fiquei olhando. Bebi a água e voltei a encher o copo. Fiquei olhando por muito tempo, mas não consegui pensar em nada que aquilo pudesse significar.

capítulo oito

AGORA ENTENDO O QUE É uma tempestade de neve em Nova York. Estamos protegidas no meu quarto, mas do lado de fora a neve despenca do céu, em vez de flutuar. O chão desapareceu. Não tem mais rua, não tem mais caminho. Os galhos das árvores estão pesados e brancos, e Mabel e eu vamos ter que ficar no alojamento. Que bom que saímos mais cedo, que bom que voltamos quando voltamos.

É apenas uma hora da tarde, mas não vamos a lugar nenhum por um bom tempo.

— Estou cansada — diz Mabel. — Ou talvez só esteja um clima bom para dormir.

Eu me pergunto se ela está com medo do resto das horas desse dia. Talvez esteja arrependida de ter vindo.

Acho que vou fechar os olhos também, tentar dormir para afastar o sentimento ruim, o sussurro de que sou um desperdício do tempo, do dinheiro e do esforço dela.

Mas o sussurro só parece mais alto. A respiração de Mabel fica mais profunda e regular com o sono, enquanto estou desperta, pensando. Não respondi as mensagens de texto dela. Não retornei as ligações nem ouvi os recados na caixa postal. Mabel veio até Nova York para me convidar para ir para casa com ela, mas não consigo nem dizer sim. *Um desperdício, um desperdício.* Fico deitada assim por uma hora, até não aguentar mais. Posso melhorar tudo isso. Ainda há tempo.

Quando volto para o quarto vinte minutos depois, estou carregando dois pratos de quesadillas torradas com perfeição dos dois lados, com *sour cream* e molho de tomate em cima. Tem dois refrigerantes aninhados entre meu cotovelo e minhas costelas. Abro a porta e fico feliz de ver Mabel acordada. Ela está sentada na cama de Hannah, olhando pela janela. Branco puro. O mundo todo deve estar congelando.

Assim que me vê, ela dá um pulo para me ajudar com os pratos e as latas.

— Acordei morrendo de fome — comenta.

— As lojas aqui não têm *crema* — eu digo. — Espero que não tenha problema usarmos *sour cream*.

Ela dá uma mordida e aprova. Abrimos as latas: um estalo, um chiado. Tento determinar qual é o sentimento entre nós e espero que alguma coisa tenha mudado, que possamos ficar à vontade uma com a outra por um tempo. Comemos num silêncio faminto, pontuado por alguns comentários sobre a neve.

Eu me pergunto se vamos ficar bem de novo. Espero que sim.

Mabel vai até a janela escura para olhar minha peperômia.

— As beiradas das folhas são meio rosadas — ela diz. — Não tinha reparado nisso antes. Vamos ver como fica no seu vaso novo.

Ela faz menção de pegar a sacola da loja de cerâmica.

— Não! — eu digo. — Tem uma coisa para você aí.

— Como assim? Eu vi tudo que você comprou!

— Não *tudo* — digo, sorrindo.

Mabel fica feliz, impressionada comigo. Me olha como olhava antigamente.

— Eu também tenho uma coisa para você — ela diz. — Mas está lá em casa, então você vai ter que voltar comigo pra pegar.

Sem intenção, afasto o olhar.

— *Marin* — ela diz. — Tem alguma coisa que eu não sei? Descobriu algum membro da família escondido? Entrou para uma sociedade secreta, culto ou algo parecido? Porque, até onde eu sei, você não tem ninguém. E estou oferecendo uma coisa enorme e muito *boa*.

— Eu sei. Desculpa.

— Achei que você gostasse dos meus pais.

— Claro que gosto deles.

— Olha isso — diz, pegando o celular. — Minha mãe mandou uma mensagem. Era pra ser surpresa.

Ela vira a tela para mim.

Meu nome, pintado com a caligrafia caprichada de Ana em uma porta.

— Meu próprio quarto?

— Eles redecoraram tudo para você.

Entendo por que ela ficou com raiva. Dizer sim deveria ser algo simples.

E eu quero.

As paredes do quarto de hóspedes são de um azul vibrante, não a cor da tinta, mas o pigmento do gesso em si. O piso de madeira está gasto, mas não há necessidade de lixá-lo. Consigo me imaginar lá, uma hóspede permanente no meu quarto, andando descalça até a cozinha para pegar um café ou um copo d'água. Eu ajudaria a preparar banquetes deliciosos e colheria punhados de sálvia e tomilho na hortinha da varanda da frente.

Consigo imaginar como seria morar lá e sei as coisas que eu faria, mas não consigo sentir.

Não consigo dizer sim.

Acabei de aprender a morar aqui. A vida é fina e frágil como papel. Qualquer mudança repentina pode rasgá-la.

A piscina, as lojas na rua, o Stop & Shop, este alojamento, os prédios onde assisto às aulas... todas essas coisas são tão seguras quanto possível, o que ainda não chega nem perto do suficiente.

Quando saio do campus, nunca viro para a direita, porque acabaria chegando perto demais do hotel. Não consigo nem imaginar pegar um avião para São Francisco. Seria como visitar ruínas. Como posso começar a explicar isso para Mabel? Até os lugares bons são assombrados. A ideia de subir a escada até a porta da casa dela ou de entrar no ônibus deixa meu coração pesado. Não consigo pensar na minha antiga casa e na Ocean Beach sem ser tomada pelo pânico.

— Ei — ela me chama, com a voz baixa. — Você está bem?

Faço que sim, mas não sei se é verdade.

O silêncio da minha casa. A comida intocada na bancada. O pânico intenso de saber que eu estava sozinha.

— Você está tremendo — ela diz.

Eu preciso nadar. Aquela queda na água. Aquele silêncio. Fecho os olhos e tento sentir.

— Marin? O que está acontecendo?

— Só estou tentando...

— Tentando o quê?

— Você pode me contar alguma coisa?

— Claro.

— Qualquer coisa. Me conte sobre uma das suas aulas.

— Tudo bem. Estou fazendo história da arte. É minha segunda área principal de estudo. Amo arte mexicana, o que deixa minha mãe feliz. Como Frida Kahlo. Os quadros dela são tão... *fortes*. Tem um monte de autorretratos, closes do rosto e dos ombros dela com variações. Às vezes tem animais com ela, macacos, um cachorro esquisito sem pelos, esse tipo de coisa. E alguns são mais simples. Está bom assim? Estou ajudando?

Faço que sim.

— Meu favorito do momento se chama *As duas Fridas*. É bem o que parece. Tem duas versões dela, sentadas uma ao lado da outra em um banco. Uma está com um vestido branco comprido e um corpete elaborado com gola de renda, e a outra está usando... não lembro direito. Uma coisa mais informal. Mas o que realmente gosto no quadro é que dá para ver o coração delas. Dá para ver dentro do peito de cada uma. Ou talvez os corações que estejam para fora. É meio repulsivo, como a maioria dos quadros da Frida, mas também é dramático e bonito.

— Eu gostaria de ver.

— Espera um segundo.

Abro os olhos.

Estamos no meu quarto.

Minhas mãos estão paradas.

Mabel pega meu laptop na mesa e faz uma pesquisa. Senta ao meu lado e coloca o computador entre nós, apoiada em um joelho meu e outro dela. O quadro é como descreveu, mas tem mais. Atrás das duas Fridas tem nuvens de tempestade, cinza-azuladas e brancas.

— Não consigo identificar se o problema está chegando ou se passou e as deixou para trás — digo.

— Ou elas podem estar no meio dele — diz Mabel. — Tem alguma coisa acontecendo com os corações.

Os corações estão ligados por uma fina linha vermelha. Uma veia. A Frida de vestido branco está segurando uma tesoura e sangrando. Aponto para o coração dela.

— Estamos olhando dentro do peito dela — analiso. — E parece doloroso. Mas a outra... — Aponto para ela. — Acho que seu coração está para fora do corpo. Ainda está inteiro.

— Você está certa — diz Mabel.

A outra Frida também está segurando alguma coisa.

— O que é isso?
— É um retrato de Diego Rivera. Ela pintou esse quadro durante o divórcio deles.
— Então é sobre perder o cara.
— É, acho que sim — ela diz. — É o que meu professor diz. Mas isso não é simplificar demais?
Viro a cabeça para olhar para Mabel.
— É melhor se for complicado? — questiono.
Ela sorri.
— Bom, obviamente.
Volto a olhar para a tela.
— Mas talvez seja *mesmo* tão simples quanto parece. Ela era uma pessoa antes. Tinha um coração inteiro e o homem que amava. Estava tranquila. E aí aconteceu uma coisa que a modificou. Agora, ela está ferida.
— Você está tentando me dizer alguma coisa? — indaga Mabel. — Está finalmente me respondendo? Se precisar ser assim, eu ficaria feliz em encontrar alguns quadros para você analisar.
— Não — digo. — Quer dizer, sim, eu sei como ela se sente. Mas não é isso que estou fazendo. Só estou olhando o quadro.
— O que mais amo nele — diz Mabel — é que elas estão de mãos dadas no meio do quadro. É tão importante. Esse é o ponto, acho.
— Pode significar tantas coisas diferentes.
— Como o quê? Acho que só quer dizer que as Fridas ainda estão conectadas. Apesar de ela ter se transformado, ainda é a mesma pessoa.

— É, pode ser — digo. — Mas talvez queira dizer outras coisas. A inteira pode estar tentando puxar a que está ferida de volta para ela, como se pudesse desfazer o que aconteceu. Ou a machucada pode estar guiando seu antigo eu para a nova vida. Ou pode ser que elas tenham se separado quase totalmente uma da outra e estão de mãos dadas por um último momento.

Mabel olha para a imagem.

— E por que você vai mudar de curso? — ela quer saber.

— Porque não seria melhor se dar as mãos só quisesse dizer que elas estavam conectadas e você não tivesse que pensar nas outras possibilidades? — pergunto.

— Não — ela responde. — Não mesmo. Isso não seria de forma nenhuma melhor do que perceber que há muitas maneiras de ver uma coisa. Amo esse quadro ainda mais agora.

Ela coloca o laptop na cama. Então levanta e olha para mim.

— Falando sério — ela diz. — *Ciências naturais?*

E tudo fica escuro.

capítulo nove

DECIDIMOS QUE NÃO PRECISAMOS NOS preocupar, porque, apesar de estar frio lá fora e de estar ficando cada vez mais frio aqui dentro, temos casacos e cobertores. Se for necessário, podemos arrombar fechaduras e procurar velas. Por enquanto, temos algumas que estavam na gaveta de Hannah.

Nossos celulares ainda têm alguma carga, mas estamos tentando poupar o que resta, e não tem wi-fi.

— Se lembra de quando a energia acabou no primeiro ano? — pergunta Mabel.

— Eu fiz você me ouvir lendo a noite toda.

— Sylvia Plath e Anne Sexton.

— É. Eram poemas sombrios.

— Verdade, mas também divertidos.

— Desafiadores — digo, lembrando-me das fagulhas neles, de como fizeram eu me sentir perigosa e forte. "Lady Lazarus", "Daddy" e todos os contos de fadas recontados de Anne Sexton.

— Na minha aula de literatura, ouvimos uma gravação de Sylvia Plath. A voz dela não era como eu achava que seria.

Conheço essas gravações. Eu as ouvia na internet às vezes, tarde da noite. Todas as palavras que ela falava eram como adagas.

— Como você achava que seria? — pergunto.

Ela dá de ombros.

— Parecida com você, acho.

Ficamos em silêncio. Quanto mais frio fica, mais difícil é não me preocupar. E se não conseguirmos arrombar fechaduras? E se a eletricidade demorar dias para voltar? E se congelarmos dormindo?

— Acho que a gente devia desligar o celular — digo. — Para o caso de precisarmos mais tarde.

Mabel assente. Olha para o celular e me pergunto se está pensando em ligar para Jacob antes. A luz da tela brilha no rosto dela, mas não consigo ler a expressão que vejo ali. Então aperta um botão e seu rosto fica escuro de novo.

Atravesso o quarto para procurar meu celular. Não fico com ele perto de mim o tempo todo como ela faz e como eu mesma fazia. Não recebo muitas mensagens ou ligações. Eu o encontro ao lado da sacola com as cerâmicas. Pego, mas ele toca antes que eu desligue.

— Quem é? — pergunta Mabel.

— Não sei — respondo. — O código de área é daqui.

— Você devia atender.

— Alô?

— Não sei quanto tempo você estava planejando ficar — diz um homem. — Mas imagino que esteja gelado aí. E parece bem escuro.

Eu me viro para a janela. O zelador está de pé na neve. Mal consigo vê-lo, mas identifico os faróis da picape.

— *Mabel* — eu sussurro.

Ela levanta o olhar de seu próprio celular e se junta a mim na janela.

Pego uma vela e balanço na frente do vidro, um pequeno oi que não sei se consegue ver de longe. Mas ele levanta a mão em um aceno.

— Mas sua energia acabou também, não? — pergunto.

— É — ele diz. — Mas não moro num alojamento.

Apagamos as velas. Calçamos as botas e pegamos as escovas de dentes. Saímos no frio impossível, deixando pegadas na neve da entrada do alojamento até onde a picape dele está parada.

O zelador parece mais jovem de perto. Não *jovem*, mas tampouco velho.

— Tommy — ele se apresenta, esticando a mão, e eu a aperto.

— Marin.

— Mabel.

— Marin. Mabel. Vocês estão com sorte, porque tenho uma lareira na sala e um sofá-cama.

Apesar de eu ficar feliz de ouvir isso, só quando entramos no chalé dele na extremidade do campus é que me dou conta de que era exatamente do que precisávamos. Eu estava com tanto frio que tinha me esquecido de como era ficar aquecida. A lareira dele está estalando e lança luzes no teto e nas paredes.

— Também acendi o forno. Essa coisa velha é capaz de aquecer a casa toda sozinha. Só tomem cuidado para não encostar nele.

As paredes têm painéis de madeira e tudo é velho e macio. Tapetes em cima de tapetes, sofás e poltronas com forro farto, tudo com cobertores em cima. O zelador não mostra sua casa, mas o espaço é pequeno, e vemos quase tudo de onde estamos, esperando que indique se vamos passar a noite conversando ou se ele vai dar boa-noite e passar pela porta no final do curto corredor.

— São só seis e meia — diz Tommy. — Imagino que não tenham comido.

— Comemos à tarde — digo. — Mas não jantamos.

— Não sou muito de jantar, mas tenho macarrão e uma lata de molho...

Ele nos mostra como acender o fogão antiquado com um fósforo e enche uma jarra metálica pesada com água. Guarda o macarrão em uma lata de mantimentos; não tem muito lá dentro.

— Como falei, não sou muito de jantar. Espero que seja suficiente para vocês duas.

Não consigo descobrir se ele está mentindo. Devia ter pensado em toda a comida que estava na geladeira do alojamento antes de sairmos, mas não consigo nem imaginar voltar na neve e na escuridão para pegar.

— Tem certeza? — pergunta Mabel. — Podemos dividir. Não comemos muito.

— Tenho, claro. — Ele olha dentro da lata de novo e franze a testa. Em seguida, abre o congelador. — Oba! — Ele tira um saco de pães congelados de lá.

— E o forno já está quentinho — comento.

— Vou comer dois pães com queijo. Vocês comem macarrão, o resto dos pães e o que mais encontrarem por aí.

Ele abre a geladeira para darmos uma olhada. Não tem muita coisa dentro, mas está tudo limpo e bem arrumado.

— Parece ótimo — diz Mabel, enquanto eu só faço que sim.

É a primeira vez que estou em uma casa desde que fui embora da minha, e meus olhos estão se ajustando à escuridão. Cada coisa nova que identifico me deixa maravilhada.

Tem alguns pratos na pia e um par de chinelos perto da porta. Tem três fotos na porta do congelador: um garotinho, Tommy com alguns amigos e um homem de uniforme militar. Livros e dois controles de videogame estão espalhados na mesa de centro.

Nada na geladeira está etiquetado. Tudo é dele.

Por toda a minha vida, um cobertor azul e dourado ficou no divã do vovô em nossa sala. Passei muitas horas de inverno aninhada embaixo dele, lendo ou dormindo. Estava puído em alguns pontos, mas ainda me aquecia.

Não sei onde está agora.

Eu o quero.

— Marin — diz Tommy. — Eu precisava mesmo falar com você. Vou passar a noite de Natal fora do campus, com uns amigos em Beacon. Me ligue se acontecer alguma coisa. E aqui estão os números da polícia e dos bombeiros. Use os números diretos, não o geral da emergência.

— Certo. Obrigada — eu digo, tomando o cuidado de não olhar para Mabel.

Eu queria poder perguntar se ela sabe o que aconteceu com nossas coisas. Alguém guardou? Tinham me procurado?

Ana e Javier. Eles me esperaram na delegacia. Para onde foram depois, quando descobriram que eu tinha ido embora? A cara que deviam ter feito... não quero nem imaginar.

Por que eu simplesmente não digo sim? Por que não pego um avião até lá e peço desculpas por meu desaparecimento? Por que não aceito o perdão deles quando o oferecerem e durmo na cama que montaram para mim no quarto com meu nome na porta?

Se pudesse voltar no tempo, não teria saído pelos fundos da delegacia. Aquelas duas semanas no hotel não teriam acontecido, e a ideia do café da lanchonete não faria com que eu perdesse o ar.

Tommy está colocando os pães congelados no forno.

— Que bom que é a gás — ele comenta.

Mabel e eu concordamos.

Mas não estou com fome.

— Ainda estou com muito frio por algum motivo — digo. — Vou ficar sentada perto do fogo.

— Sinta-se em casa. Assim que os pães estiverem prontos, vou para os fundos e vocês podem ficar à vontade. Tenho presentes para embrulhar e estava esperando uma desculpa para ir cedo para a cama. A falta de energia é uma boa.

Vou até uma poltrona e olho para o fogo. Penso em todas as coisas do lugar que antes era minha casa.

O cobertor.

As panelas de cobre, passadas da avó do vovô para ele.

A mesa redonda na cozinha e a mesa retangular da sala de jantar.

As cadeiras com assentos puídos e costas de vime.

A louça da vovó, coberta de florzinhas vermelhas.

As canecas, todas diferentes, as xícaras delicadas de chá, as colherzinhas.

O relógio de madeira com o tique-taque alto e o quadro a óleo do vilarejo de onde vovô era.

As fotografias do corredor pintadas à mão, as almofadas bordadas no sofá, a lista de compras em mudança constante, presa na geladeira com um ímã no formato de um boston terrier.

O cobertor de novo, macio, azul e dourado.

E agora, Tommy está dando boa-noite e andando pelo corredor, e Mabel está comigo na sala, colocando pratos fundos na mesa de centro e se sentando no chão.

Eu como sem sentir o gosto. Eu como mesmo sem saber se estou com fome.

capítulo dez
JUNHO

UMAS SEMANAS HAVIAM SE PASSADO desde aquela noite na casa de Ben e do motorista colombiano. Mabel e eu decidimos sair sozinhas escondidas. Ana e Javier sempre ficavam acordados até tarde, às vezes até altas horas da madrugada, então dormi um pouco depois das dez sabendo que meu celular tocaria horas depois para anunciar a chegada de Mabel, quando sairíamos.

Vovô fazia o jantar às seis na maioria das noites. Costumávamos comer na cozinha, a não ser que fosse um prato chique, quando ele me mandava colocar a mesa na sala de jantar e comíamos com castiçais de metal entre nós. Depois, ele lavava tudo e eu secava, até a cozinha estar tão limpa quanto possível, considerando a idade e o uso constante dos utensílios. Ao terminar, vovô ia para os fundos fumar, escrever cartas e ler.

Quando meu celular tocou, levantei e saí em silêncio, sem saber se estava violando uma regra. Talvez vovô não se importasse de Mabel e eu irmos até a praia à noite para olhar as ondas e conversar. Eu poderia ter perguntado, mas as coisas entre nós não funcionavam assim.

Ela estava na calçada, o cabelo escuro saindo de um gorro de tricô, as mãos unidas em luvas sem dedos. Eu estava com uma parca fechada por cima do suéter.

— Você parece um esquimó — ela brincou. — Como vou me oferecer pra ajudar você a se manter aquecida?

Rimos.

— Eu posso deixar o casaco em casa se você quiser, gata — brinquei.

— Por que você não sobe correndo, se livra do casaco e volta com um pouco de uísque do seu avô?

— Na verdade, o uísque não é má ideia.

Eu entrei e atravessei a sala de estar, então passei pelas portas abertas da sala de jantar e peguei a garrafa de uísque que ficava no armário.

Logo estava de volta à rua com a garrafa dentro do casaco. Duas garotas andando para a praia à noite era uma coisa. Com uma garrafa aberta à vista, era um convite para a polícia nos parar.

Eram quase três da madrugada, e a cidade estava imóvel. Nenhum carro passou por nós nos quatro quarteirões até a praia. Nem precisamos ficar na calçada. Fomos direto da rua para a areia, subimos em uma duna e nos vimos perto da água escura. Eu estava esperando meus olhos se ajustarem à falta de luz, mas isso não aconteceu, então tive que dar o braço a torcer.

— Lembra quando a gente treinava beijar? — perguntei, tirando a tampa da garrafa de uísque.

— Estávamos determinadas a nos tornarmos especialistas até o primeiro ano.

— Especialistas — disse, rindo. Tomei um gole, e a queimação me surpreendeu. Estávamos acostumadas com cerveja roubada ou vodca misturada com qualquer suco que houvesse na despensa dos nossos amigos. — Aqui, beba por sua própria conta e risco — eu disse com a voz rouca.

Mabel tomou um gole e tossiu.

— A gente vivia nervosa e rindo — eu disse, lembrando como nós duas éramos no nono ano. — Não fazia ideia de como era estar no Ensino Médio. Como devia agir, como devia falar sobre...

— Era tão divertido.

— O que era divertido?

— Tudo. Me dá mais um pouco.

Ela tateou no escuro à procura da garrafa. Quando encontrou, eu a soltei. Mabel virou o rosto para a lua enevoada. Então devolveu a garrafa. Tomei um gole.

— Agora está melhor — ela comentou, e estava certa.

A cada gole, foi ficando mais fácil de engolir, e em pouco tempo meu corpo parecia pesado e minha cabeça girava. Tudo o que Mabel dizia me fazia rir, e cada lembrança que eu tinha era importante.

Ficamos em silêncio, até que ela se sentou.

— Faz tempo que a gente não treina — disse Mabel, andando de quatro na minha direção até nossos narizes se tocarem.

Uma gargalhada surgiu pela minha garganta, então ela encostou a boca na minha.

Lábios molhados.

Língua macia.

Suas pernas envolveram minha cintura, e nos beijamos mais intensamente. Em pouco tempo, estávamos deitadas na areia, o cabelo salgado e embaraçado dela nos meus dedos.

Mabel abriu minha parca. Suas mãos frias se moveram por baixo do meu suéter, e ela beijou meu pescoço.

— O que a irmã Josephine diria? — sussurrei.

Senti seu sorriso na minha clavícula.

Ela precisou tentar algumas vezes para conseguir abrir meu sutiã com uma das mãos. O ar frio na minha pele não era nada em comparação ao calor do hálito dela. Desabotoei seu casaco e empurrei o sutiã por cima dos seios sem abrir. Nunca tinha me sentido tão voraz. Não era tão experiente. Não estava acostumada a ser tocada assim. Mas, mesmo que já tivesse sido beijada por dezenas de bocas, sabia que aquela era diferente.

Eu já a amava.

Com as calças jeans abertas, os dedos de Mabel roçando no elástico da minha calcinha, ela disse:

— Se nos arrependermos disso amanhã, podemos botar a culpa no uísque.

Mas o céu estava passando de preto a cinza; já era amanhã. E eu não estava arrependida de nada.

Abrimos os olhos na neblina matinal, maçaricos-brancos voavam no céu. A mão de Mabel estava na minha, e eu olhei para os dedos dela, menores do que os meus e alguns tons mais escuros. Eu os queria embaixo das minhas roupas de novo, mas não ousei falar.

Sem a escuridão, nos sentimos expostas às pessoas que já estavam saindo para o trabalho. Quem trabalhava à noite estava finalmente voltando para casa. Tínhamos que esperar em cada cruzamento.

— O que estão pensando de nós? — perguntei.
— Bom, é claro que não somos sem-teto. Seu casaco é bonito demais.
— E nós não acabamos de sair da cama.
— Certo — ela disse. — Porque estamos cobertas de areia.

O farol abriu pra nós e atravessamos a Great Highway.
— Talvez achem que somos criaturas da praia — eu disse.
— Sereias?
— Não temos cauda.
— Então catadoras de lixo que acordaram cedo para vasculhar a areia.
— É — eu disse. — Devem achar que você está com relógios de ouro nos bolsos e eu estou com alianças de casamento e rolinhos de dinheiro.
— Perfeito.

Eu estava ciente de que nossas vozes estavam mais agudas do que o habitual, nossas palavras apressadas. De que não tínhamos olhado no rosto uma da outra desde que levantamos e tiramos a areia da roupa. Da areia ainda grudada na minha pele e do cheiro de Mabel em toda parte.

Vovô nos viu antes de eu o ver. Estava acenando para nós do outro lado da rua com um braço enquanto puxava a lata de lixo até o meio-fio com o outro.

— *Oi, meninas!* — ele gritou, como se fosse uma surpresa agradável nos ver tão cedo na rua.

Não sabíamos o que dizer enquanto andávamos na direção do vovô.

— Bom dia, vovô — eu finalmente falei, mas a expressão dele já tinha mudado àquela altura.

— Meu uísque.

Segui seu olhar. Eu não tinha nem me dado conta de que Mabel estava carregando a garrafa pelo gargalo, totalmente exposta.

Ele poderia ter nos olhado e visto nossos rostos vermelhos e nossos lábios inchados de tanto beijar. Poderia ter visto que nenhuma de nós conseguia olhar nos olhos dele (ou uma nos olhos da outra). Mas estava olhando para a garrafa.

— Desculpa, vovô — eu disse. — Só tomamos uns goles.

— Somos peso-pena — Mabel tentou brincar, mas sua voz estava rouca de arrependimento.

Ele esticou a mão, e ela entregou a garrafa. Vovô a levantou até os olhos para dar uma boa olhada no quanto tinha dentro.

— Tudo bem — ele disse. — Foi só um pouco.

— Desculpa, de verdade — lamentou-se Mabel.

Eu queria estar de volta na praia com ela. Desejei que o céu ficasse escuro de novo.

— Vocês têm que tomar cuidado com essa coisa — disse vovô. — É melhor não se meter com isso.

Assenti e tentei me lembrar do beijo de Mabel.

Queria que ela olhasse para mim.

— Tenho que ir pra casa — ela avisou.

— Tenha um bom dia na escola — disse vovô.

— Obrigada.

Mabel estava de pé na calçada com uma calça jeans rasgada e um suéter, o cabelo escuro caído para um lado, tão comprido que chegava ao cotovelo. A testa estava franzida e os olhos, tristes até se encontrarem com os meus. Ela sorriu.

— Espero que você não fique encrencada — eu disse, mas como poderia?

Éramos milagrosas.

Éramos criaturas da praia.

Tínhamos tesouros nos bolsos e uma à outra na pele.

capítulo onze

ACIMA DE MIM VEJO a cabeça e o pescoço de um cervo. Macho, parece. Os chifres geram sombras compridas e graciosas na parede. Eu o imagino vivo, em algum lugar no campo. Penso na primavera, em grama e flores, em pegadas, movimento e um corpo intacto. Mas agora só há imobilidade, gotas de cera e silêncio. Os fantasmas de quem éramos. O *clink* de Mabel colocando nossos pratos na pia e a exaustão que acompanha saber que alguma coisa vai ter que acontecer agora, e depois disso, e depois ainda, até acabar.

Não conversamos sobre dormir. No sofá tem um conjunto de lençóis e um edredom, um lembrete do espaço que temos que dividir.

Talvez a gente passe a noite acordada.

Mabel volta da cozinha. Vai até a estante e pega um baralho.

Vira para mostrar, e eu faço que sim. Ela embaralha e dá dez cartas para mim, dez para ela e coloca uma virada para cima. A dama de espadas. Não consigo acreditar que não comprei um baralho para a gente. Teria respondido à dúvida do que fazer cada vez que ela surgisse. Não teríamos tido que nos obrigar a dormir para afastar a necessidade de conversar.

Mergulhamos no jogo como se não tivesse passado tempo nenhum. Termino a primeira rodada doze pontos à frente, e Mabel se levanta para procurar lápis e papel. Volta com uma caneta e um cartão-postal de mala direta de um vendedor de árvores de Natal. *Nada supera o aroma de pinheiro recém-cortado*, diz, seguido de fotos de três tipos. Mabel escreve nossos nomes embaixo de um P.S. — *Também temos guirlandas!* —, então anota a pontuação.

O jogo é apertado, o que quer dizer que é longo, e na última rodada minha visão vai ficando embaçada de cansaço e do esforço para enxergar no escuro. Mabel fica esquecendo de quem é a vez, apesar de sermos só duas, mas no final vence o jogo.

— Bom trabalho — elogio, e ela sorri.

— Vou me preparar para dormir.

Durante o tempo que Mabel fica longe, eu nem me mexo. Talvez quisesse que eu abrisse a cama, mas não vou fazer isso. É uma decisão que temos que tomar juntas.

Ela volta alguns minutos depois.

— Cuidado — diz. — Está bem escuro lá dentro. Algumas velas acabaram.

— Tudo bem — eu digo. — Obrigada.

Espero que ela faça ou diga alguma coisa.

Finalmente, pergunto:

— Vamos arrumar a cama?

Mesmo no escuro, consigo ver a preocupação dela.

— Você vê outra opção? — pergunto.
Só tem duas poltronas e o chão.
— Aquele tapete é bem macio — ela comenta.
— Se você quer.
— Eu não *quero*. É que...
— Ele não precisa saber. E só vamos dormir mesmo. — Balanço a cabeça. Depois de tudo, isso é uma idiotice. — Quantas vezes dormimos na mesma cama antes de qualquer coisa acontecer? Centenas? Acho que vamos ficar bem hoje.
— Eu sei.
— Prometo não fazer nada.
— Marin, por favor.
— A decisão é sua — digo. — Não quero dormir no tapete. Se não quiser dividir a cama, posso dormir no sofá sem abrir, para você ter mais espaço. Você pode juntar duas poltronas.

Ela fica em silêncio. Consigo ver que está pensando, então lhe dou um minuto.

— Você está certa — ela diz, por fim. — Desculpa. Vamos arrumar a cama.

— Não precisa pedir desculpas — murmuro.

Tiro as almofadas do sofá e Mabel empurra a mesa de centro para a lateral da sala para abrir espaço para a cama. Encontramos os puxadores dos dois lados. Molas chiam. O colchão é fino. Ela abre o lençol e o colocamos juntas, prendendo as laterais.

— O tapete não parece tão ruim agora — digo.

— Está ficando com medo?

Sorrio. Quando olho para ela, noto que está sorrindo para mim.

— Posso fazer o resto — diz Mabel, pegando uma fronha. — Vai se preparar.

Como Jane Eyre, carrego uma vela para iluminar o caminho. Mas, quando chego ao banheiro e me olho no espelho, só vejo eu mesma. Apesar da escuridão, das sombras compridas e do silêncio, o lugar não tem invasores nem fantasmas. Jogo água fria no rosto e seco com uma toalha que Tommy deixou para nós. Escovo os dentes, faço xixi, lavo as mãos e prendo o cabelo com um elástico que trouxe comigo. Penso em Jane Eyre com o sr. Rochester, no quanto ela o amava e na certeza que tinha de que eles nunca poderiam ficar juntos, então penso que em poucos minutos vou estar na cama com Mabel. Tentei fazer parecer que não era nada, mas é alguma coisa. Eu sei disso. Ela sabe.

Talvez sua hesitação não fosse por causa de Jacob. Talvez tenha sido por causa de como mudamos. Por ela ainda estar com raiva demais para pensar no peso do meu corpo no mesmo colchão, no contato acidental ao longo da noite, quando estivermos perdidas demais no sono para ficar restritas cada uma ao seu lado.

Pego a vela e volto para a sala. Ela já está na cama, do lado dela, virada para a beirada. Não consigo ver seu rosto, mas acho que seus olhos estão fechados. Deito do outro lado. As molas gemem. Não faz sentido fingir que estaria dormindo com o barulho.

— *Boa noite* — sussurro.

— Boa noite — ela diz.

Ficamos de costas uma para a outra. Estamos tão distantes quanto duas pessoas poderiam estar em um colchão desse tamanho. O espaço entre nós é pior do que nosso constrangimento, pior do que não saber o que Mabel está pensando durante os longos períodos de silêncio.

Acho que ouço alguma coisa.

Acho que ela está chorando.

E surgem coisas que eu tinha esquecido. Mensagens de texto que ela mandou.

Você conheceu alguém?
Pode me contar se foi isso.
Só preciso saber.

Houve outras também, mas não consigo me lembrar. No começo, as mensagens dela eram facas que abriam buracos no casulo composto de mofo do hotel, do café da lanchonete e da vista da minha janela. Mas, depois que as aulas começaram, depois de Hannah, eu era uma estranha com um celular de segunda mão e alguém chamada Mabel estava mandando mensagens para o número errado.

A garota com quem estava tentando falar devia estar fugindo de alguma coisa. Devia ser alguém especial, já que tentava encontrar com tanto afinco. Pena que tivesse ido embora agora.

Nunca falamos sobre o que aconteceu conosco.

Era outra pessoa.

A forma como a gente se beijava. Como eu a pegava me olhando do outro lado da sala. Seu sorriso, meu rosto vermelho. Sua coxa, macia na minha bochecha. Tive que negar tudo, porque era parte de uma vida que tinha acabado.

Só consigo ouvir o estalo do fogo. Ela pode não ter chorado de verdade, eu posso ter imaginado, mas consigo sentir agora como a magoei. Talvez seja de tanto lembrar ou falar sobre livros e quadros de novo, ou de estar com Mabel, mas consigo sentir meu fantasma voltando. *Se lembra de mim?*, pergunta.

Acho que lembro.

Aquela garota teria consolado Mabel. Teria tocado nela, como se fosse simples. Levanto a mão e procuro um lugar seguro em seu corpo. O ombro. Eu a toco lá, e antes de ter tempo de pensar se é indesejado, a mão de Mabel cobre a minha, segurando-a.

capítulo doze
JUNHO

MAIS TARDE, NAQUELE MESMO DIA, depois que vovô pegou a gente com o uísque e que Mabel e eu passamos as horas na escola corando cada vez que nos víamos, depois que vovô fez ensopado para o jantar e ficamos mais quietos que o normal, ele me pediu para sentar no sofá.

Eu assenti.

— Claro — disse, mas meu peito congelou.

Não sabia como responderia às perguntas que ele ia fazer. Tudo era tão novo. Eu o segui até a sala e me sentei. Ele parou na minha frente, alto, nem uma sombra de sorriso, só preocupação, tristeza e algo beirando o pânico.

— Escute... — ele começou. — Quero falar sobre tipos diferentes de amor.

Eu me preparei para a reprovação dele. Raramente senti aquilo antes, e nunca por algo importante. E me preparei também para minha raiva. Porque, por mais inesperado que o beijo de Mabel tivesse sido, e por mais nervosa e perturbada que eu tivesse ficado, sabia que o que havíamos feito não era errado.

— Você pode estar com a impressão errada — continuou. — Sobre Birdie e eu. Não é assim entre nós.

Senti uma gargalhada escapar de mim. Foi de alívio, mas vovô não interpretou assim.

— Pode ser difícil de acreditar — ele disse. — Sei que pode ter parecido... *romântico*, por causa de como eu ajo quando recebo as cartas dela. Por causa do vestido que ela me mandou. Mas, às vezes, duas pessoas têm uma ligação tão profunda que faz um romance parecer uma coisa trivial. Não é uma questão carnal. É de almas. A parte mais profunda de quem você é como pessoa.

Ele parecia tão preocupado, tão nervoso. Todo o meu alívio desapareceu, e uma preocupação apareceu no lugar.

— Tudo bem, vovô — eu disse. — Independente do que seja, fico feliz por você.

Ele tirou o lenço do bolso e desdobrou com cuidado. Secou a testa e o lábio superior. Nunca o tinha visto tão agitado por nada.

— De verdade — eu disse. — Não se preocupe com o que penso. Só quero que você seja feliz.

— Marinheira... — começou vovô. — Se eu não tivesse você, estaria perdido.

Eu não era companheira suficiente. Não era nenhum tipo de âncora. Senti o golpe da declaração, mas engoli a mágoa e falei:

— Tenho certeza de que ela sente o mesmo por você.

Ele observou meu rosto. Parecia que estava olhando para outra coisa além de mim. Assentiu lentamente.

— É verdade. Talvez ainda mais — disse. — Eu preciso de Birdie e ela precisa de mim. Caramba, como ela precisa de mim.

Talvez ele fosse dizer algo mais, só que a campainha tocou. O jogo de cartas ia começar, então levantei e desci para abrir o portão. Normalmente, arrumaria a cozinha na hora que eles chegassem, mas estava com medo de haver alguma coisa errada com o vovô. Queria ter certeza de que ele voltaria a ser ele mesmo.

Terminei de secar os pratos no escorredor quando estavam servindo as bebidas e começando a jogar. Saí um pouco, mas não consegui me acalmar, então voltei para preparar um chá.

Enquanto a água esquentava, vi Jones pegar a garrafa do vovô e servir mais um pouco.

Vovô olhou para o copo e depois para Jones.

— Para que isso?

— O seu estava vazio.

Jones olhou para os outros dois. Freeman estava embaralhando as cartas mais do que o necessário. Bo olhou nos olhos de Jones.

— Você não precisa me apressar — disse vovô. — Eu me viro bem sozinho.

A voz dele estava baixa, quase um rosnado.

Bo balançou a cabeça. Achava que alguma coisa era uma pena, mas eu não sabia o quê.

Jones limpou a garganta. Engoliu em seco.

— É só bebida, Delaney — ele disse, por fim.

Vovô observou Jones com olhos ferozes durante todo o tempo em que Freeman distribuía as cartas. Os outros pegaram as deles e colocaram em ordem, mas vovô só ficou encarando, desafiando Jones a olhá-lo.

Eu não sabia o que é que estava acontecendo, mas queria que acabasse logo.

— Vovô — chamei.

Ele virou na minha direção como se tivesse se esquecido de que eu estava ali.

— Eu queria saber... — comecei, sem imaginar como minha frase terminaria. — Se... o senhor poderia me levar de carro para a escola amanhã. Estou com sono e eu gostaria de poder dormir até mais tarde.

— Claro, marinheira — ele concordou.

Vovô virou para a mesa. Pegou as cartas. Todo mundo ficou em silêncio, sem interromper, sem fazer piada.

— Aposto cinco — ele disse.

Jones desistiu da jogada.

Eu voltei para o meu quarto com o chá e tentei me esquecer de tudo aquilo.

Mabel e eu trocamos mensagens durante horas. Não fizemos planos de sair escondidas para nos encontrarmos. Não ligamos. Ouvir a voz da outra seria glorioso e perigoso, então preferimos digitar.

O que a gente tinha na cabeça?
Não sei.
Você gostou?
Gostei.
Eu também.

Trocamos mensagens sobre uma música de que gostávamos, alguns vídeos do YouTube, um poema que tínhamos lido na aula de inglês naquele dia e o que faríamos se tivéssemos que enfrentar o fim do mundo. Trocamos mensagens sobre o tio de Mabel e o marido dele, que moravam em uma propriedade no Novo México, e planejamos ir para lá, construir uma casa, cavar um poço, plantar nossa própria comida e aproveitar ao máximo o tempo que tivéssemos.

O fim do mundo nunca pareceu tão bom.

Pois é!

Eu até queria que acontecesse. Isso é ruim?

A gente podia fazer tudo isso sem ser o apocalipse.

É verdade.

Temos um plano, então?

Sim!

Já eram quase duas da madrugada quando Mabel e eu nos despedimos. Sorri para o travesseiro, fechei os olhos e desejei que aquele sentimento durasse. Vi nosso futuro acontecendo, cheio de nuvens cor-de-rosa, cactos e um sol que brilharia por toda a eternidade.

Em seguida, levantei e fui para a cozinha pegar água. Enchi o copo e bebi tudo, depois segui para o banheiro. A porta do quarto do vovô estava entreaberta. Tinha uma luz acesa no espaço estreito. Passei em silêncio, ouvi um movimento e virei para trás. Vovô estava à mesa, com o abajur aceso, a caneta se movendo ferozmente no papel. Eu não disse nada, mas sabia que se o tivesse chamado ele nem olharia. Poderia até ter batido nas panelas.

Ele está escrevendo suas cartas de amor, eu disse para mim mesma, mas não parecia aquilo.

Vovô terminou uma folha e a botou de lado, começando uma nova. Estava inclinado para a frente, furioso. Virei para o banheiro e tranquei a porta quando entrei.

Ele só está escrevendo cartas de amor, pensei.

Só cartas de amor. Cartas de amor.

capítulo treze

NO SILÊNCIO DA SALA DESCONHECIDA, outra lembrança surge. Duas noites depois da formatura, nós todos nos reunimos na Ocean Beach. Todo mundo estava meio louco, como se fosse o fim de tudo. Como se nunca mais fôssemos nos ver. E talvez, em alguns casos, fosse verdade.

Encontrei Mabel e me sentei com ela numa canga, bem a tempo de ouvir o final de uma piada que eu já conhecia. Sorri enquanto todo mundo ria. Ela estava linda no brilho da fogueira.

Nós *todos* estávamos lindos.

Eu poderia dizer que a noite parecia mágica, mas isso seria um exagero. Seria uma romantização. A sensação era de vida. Não estávamos pensando no que aconteceria depois. Ninguém falou como o verão teria que ser nem sobre onde estaria no outono. Era como se tivéssemos feito um pacto de viver o momento, ou como se aquele fosse o único jeito de ser. Contávamos piadas e segredos. Ben estava com o violão e o tocou por um tempo, nós só ouvimos enquanto o fogo estalava e as ondas quebravam e recuavam. Senti uma coisa na minha mão. O dedo de

Mabel percorrendo meus dedos. Ela enfiou o polegar na palma da minha mão. Eu poderia ter dado um beijo nela, mas não dei.

Agora, com sua mão na minha depois de tanto tempo longe, aqui na casa de Tommy, nem um pouco perto de dormir, eu me pergunto o que poderia ter mudado se eu tivesse dado aquele beijo. Se uma de nós duas tivesse tornado a relação pública, se fôssemos uma coisa a ser discutida e sobre a qual tomar decisões. Talvez não chegasse a haver Jacob. Talvez a fotografia dela estivesse no meu quadro de avisos. Talvez não estivéssemos aqui agora, e eu estivesse na Califórnia, na sala com paredes laranjas dos pais dela, tomando chocolate quente perto da árvore de Natal.

Mas provavelmente não. Porque, apesar de só alguns meses terem se passado desde que vovô me deixou, quando tento relembrar aquela noite, a sensação não é mais de vida.

Quando eu penso em todos nós, vejo como estávamos em perigo. Não por cauda das bebidas nem do sexo ou da hora. Mas porque éramos inocentes e nem sabíamos. Não há como trazer nada de volta. A confiança. As risadas fáceis. A sensação de ter saído de casa por pouco tempo. De ter casa para onde voltar.

Éramos inocentes o bastante para achar que nossas vidas eram o que achávamos que eram, que se juntássemos todos os fatos sobre nós eles formariam uma imagem que faria sentido, que se parecia conosco quando olhávamos no espelho, que parecia nossas salas, nossas cozinhas e as pessoas que nos criaram, em vez de revelar todas as coisas que não sabíamos.

Mabel solta minha mão, tira as cobertas, senta, e eu a acompanho.
— Acho que ainda não estou pronta para dormir — diz.
Está tão quente agora que fico feliz de termos tirado as cobertas. Sentamos e nos apoiamos no encosto acolchoado do sofá-cama. Ficamos vendo a luz da lareira cintilar pela sala. Mabel puxa o cabelo, faz um coque e solta. Sinto que a noite pode durar para sempre que eu não me importaria.
— Onde foi que você ficou quando veio pra cá? Eu fiquei pensando nisso.
Eu não estava esperando por essa pergunta, mas quero responder. Dou uma longa olhada para o teto e faço que sim, para o caso de ela estar olhando. Preciso de um momento para acalmar meu coração e poder falar. Quando olho de novo, Mabel mudou de posição. A cabeça está apoiada na mão, e ela me olha com uma expressão que não sei se já vi em seu rosto. Está imóvel e paciente.
— Encontrei um hotel.
— Perto?
— Mais ou menos. Acho que ficava a uns vinte minutos. Peguei um ônibus no aeroporto e segui até encontrar um lugar pela janela.
— Como era?
— Não era legal.
— Por que você ficou lá?
— Acho que nunca passou pela minha cabeça que podia sair.

Penso em quando entrei no quarto, no cheiro, pior do que velho, pior do que sujo. Achei que poderia existir lá se não tocasse em nada, mas as horas passaram e eu vi que estava errada.

— Era bem o tipo de lugar onde as pessoas moram quando não têm para onde ir — explico. — Não um lugar onde se passa as férias. — Puxo o cobertor, apesar de não estar com frio. — Dava medo. Mas eu já estava com medo.

— Não foi o que eu imaginei.

— O que você achou?

— Achei que talvez tivesse conseguido entrar antes no alojamento, sei lá. Você conheceu gente?

— No hotel?

Ela faz que sim.

— Não diria que *conheci* gente. Tinha muitos vizinhos. Alguns eu já reconhecia.

— Mas você passava tempo com eles?

— Não.

— Achei que tinha feito amigos.

Balanço a cabeça.

— E que outras pessoas tinham te ajudado a passar por tudo.

— Não — eu digo. — Fiquei sozinha lá.

No rosto de Mabel, alguma coisa está mudando. Uma série de fatos que substitui todas as suposições que a obriguei a fazer. Quero contar mais.

— Tinha uma mulher no quarto ao lado do meu que uivava — conto. — Para os carros e as pessoas que passavam. Quando entrei no quarto pela primeira vez, ela uivou por horas.

— Qual era o problema dela?
— Não sei. Parecia um lobo. Eu ficava me perguntando e ainda imagino se houve um momento em que ela percebeu que tinha alguma coisa errada. Dentro dela. Quando se sentiu no limite, com algo novo chegando. Se poderia ter impedido ou se... simplesmente *aconteceu*. Me fez pensar em *Jane Eyre*. Lembra?
— A mulher maluca. A primeira esposa do sr. Rochester.
— Eu me sentia como Jane quando ela se vê no espelho. Tive medo. Eu ouvia a mulher à noite e, às vezes, sentia que entendia o que ela estava tentando dizer. Tinha medo de me transformar nela.

A mulher já era assustadora o bastante, mas a pior parte era que eu estava em um quarto idêntico, tão solitária quanto ela. Só havia uma parede entre nós, tão fina que era quase insignificante. Jane também tinha ficado trancada em um quarto com um fantasma. A ideia de que era possível adormecer sendo uma garota, de camisola e com hálito de hortelã, e acordar como um lobo era apavorante.

— Agora entendo por que você não quer ler mais.

Faço que sim.

— Antes, eram só histórias. Agora elas ficam voltando, e parecem ainda mais terríveis.

Mabel afasta o olhar, e eu me pergunto se é porque estou contando coisas com as quais não consegue se identificar. Talvez pense que estou sendo dramática. Talvez esteja. Mas sei que tem uma diferença entre como eu entendia as coisas e como entendo agora. Eu chorava por causa de um livro, então o fechava e tudo acabava. Agora, tudo ressoa, entra como farpa, infecciona.

— Você ficou sozinha — ela diz. — Por todos aqueles dias.

— Isso muda alguma coisa?

Ela dá de ombros.

— Você achou que eu tinha conhecido gente nova e não precisava de você? — insisto.

— Foi a única explicação que consegui encontrar.

Conto qualquer coisa se for para ela continuar fazendo perguntas. É a escuridão e o calor. A sensação de estar na casa de outra pessoa, em território neutro, nada meu e nada dela, nenhuma dica sobre a outra nos cobertores, na luz da lareira ou nas fotos na prateleira.

Faz minha vida parecer distante, apesar de eu estar bem aqui.

— O que mais você quer saber? — pergunto.

— Andei pensando em Birdie.

Ela se mexe, as molas estalam e se acomodam. Minhas mãos estão pesadas no meu colo. Seu rosto está alerta e disposto. Ainda consigo respirar.

— Como assim?

— Ela sabe o que aconteceu? Não havia ninguém para receber as cartas dela. Agora todas devem ter sido devolvidas ao remetente, e eu fico pensando se alguém contou que ele morreu.

— Não existia Birdie nenhuma — revelo.

O rosto dela é tomado de confusão.

Eu espero a pergunta seguinte.

— Mas as cartas...

Faça a pergunta.

— Acho... — ela diz. — Acho que era uma história fofa demais. Tantas cartas de amor para uma pessoa que ele nem conhecia.

Acho... — ela continua. — Ele devia estar muito sozinho para inventar uma coisa daquelas.

Ela não olha nos meus olhos. Não quer que eu conte mais nada, não agora. Sei como é não querer entender, então ficamos em silêncio enquanto a última frase dela gira na minha cabeça. E penso: *Eu estava solitária*. Eu *estava*. Encostar os joelhos embaixo da mesa não era suficiente. Sermões no sofá não eram suficientes. Doces, xícaras de café, caronas para a escola não eram suficientes.

Uma dor se expande no meu peito.

— Ele não precisava estar sozinho.

Mabel franze a testa.

— Eu estava lá. Ele tinha a mim, mas preferia escrever cartas.

Ela finalmente olha para mim de novo.

— *Eu* estava sozinha — digo.

Repito isso, porque menti para mim mesma por tempo demais, e agora meu corpo está imóvel e minha respiração, regular, e me sinto viva com a verdade.

Antes que eu entenda o que está acontecendo, Mabel me puxa para perto. Acho que lembro como é a sensação. Tento não pensar na última vez que nos abraçamos, que foi a última vez que abracei uma pessoa. Os braços dela estão em volta de mim com tanta força que não consigo nem retribuir o abraço, então apoio a cabeça no ombro dela e tento ficar parada para que não me solte.

— *Vamos dormir* — ela sussurra no meu ouvido, e eu faço que sim, então nos separamos e nos deitamos.

Fico virada de costas por muito tempo para que ela não veja minha tristeza. De ser abraçada assim, de ser solta. Mas meu fantasma começa a sussurrar de novo. Ele está me lembrando de quanto frio senti. De quão gelada fiquei. Está dizendo que Mabel é quente e me ama. Talvez de um jeito diferente de antes, mas mesmo assim. Meu fantasma diz: *Cinco mil quilômetros. É o tanto que ela se importa.* Garante que está tudo bem.

Me viro e encontro Mabel mais perto de mim do que eu tinha percebido. Espero um minuto para ver se vai se afastar, mas ela fica onde está. Passo o braço pela sua cintura, e ela relaxa encostada a mim. Acomodo a cabeça na sua nuca e levanto os joelhos para ocupar o espaço atrás dos dela.

Mabel pode estar dormindo. Só vou ficar assim uns dois minutos. Só até eu derreter completamente. Até ser o suficiente para me lembrar de como é ficar perto de outra pessoa, o bastante para durar mais alguns meses. Eu a inspiro. Digo pra mim mesma para virar.

Logo. Mas ainda não.

— Não desapareça de novo — ela diz. — Ok?

Sinto seu cabelo macio no meu rosto.

— Promete?

— Prometo.

Começo a virar, mas ela estica a mão para segurar meu braço. Chega o corpo mais perto do meu, até estarmos nos tocando inteiras. A cada respiração, sinto o inverno passando.

Fecho os olhos e a inspiro, então penso nessa casa que não é de nenhuma de nós duas, escuto o fogo estalando, sinto o calor da sala e do corpo dela e sei que estamos bem.

Estamos bem.

capítulo catorze

TRÊS LARANJAS. UM SACO de pão integral. E um bilhete dizendo: *Fui fazer as compras de Natal. Por favor, não roubem nada, sei onde vocês moram!* Duas canecas na frente de uma cafeteira elétrica cheia.

— A energia voltou — digo, e Mabel assente.

Ela aponta para o bilhete.

— Cara engraçadinho.

— Mas meio fofo.

— Muito.

Acho que nunca havia adormecido num lugar escuro para então acordar e vê-lo na luz do dia pela primeira vez. Ontem, identifiquei os objetos, mas faltavam as cores. Agora, vejo as janelas, as molduras pintadas de verde-floresta. Se não estivesse totalmente branco lá fora, combinaria com as árvores. As cortinas têm estampa de flores azuis e amarelas.

— Você acha que foi Tommy quem escolheu? — pergunto.

— Espero que sim — diz Mabel. — Mas, não, acho que não.

— Você acha que ele matou aquele cervo?

Ela vira para a lareira como se a cabeça pudesse falar e contar para ela.

— Não. Você acha?

— Não.

Mabel abre o saco de pão e tira quatro fatias.

— Acho que conseguimos voltar para o dormitório quando estivermos prontas — ela diz.

Sirvo uma caneca de café para cada uma. Dou a melhor para ela. Sento com a melhor vista porque aprecio mais o que estou olhando.

As pernas da mesa da cozinha estão tortas; cada vez que nos apoiamos, ela se inclina. Tomamos o café puro porque Tommy não tem creme e comemos a torrada sem nada porque não encontramos manteiga nem geleia. Olho para fora durante a maior parte do tempo que ficamos ali, mas às vezes olho para Mabel. Para a luz da manhã no rosto dela. Para as ondas do seu cabelo. Observo o jeito como mastiga, com a boca um pouquinho aberta, e como lambe uma migalha no dedo.

— O que foi? — ela pergunta, ao me pegar sorrindo.

— Nada — digo, e Mabel sorri para mim.

Não sei se ainda a amo como antes, mas a acho linda do mesmo jeito.

Ela descasca uma laranja, separa em metades perfeitas e me dá uma. Se pudesse usar como pulseira da amizade, usaria. Mas só engulo pedaço a pedaço e digo para mim mesma que significa mais assim. Ficar mastigando e engolindo em silêncio aqui com ela. Sentindo o gosto da mesma coisa no mesmo momento.

— Eu juro que poderia passar o dia comendo — diz Mabel.
— Comprei tanta comida. Será que estragou ontem à noite?
— Duvido. Está um gelo.

Em pouco tempo, lavamos a louça do café da manhã e deixamos em um pano de prato para secar. Dobramos os cobertores e colocamos na mesa de centro, então recolhemos a cama até voltar a ser sofá. Ficamos no espaço vazio onde a cama estava, olhando para a neve pela janela.

— Você acha que a gente já consegue voltar agora? — pergunta Mabel.

— Espero que sim.

Encontramos uma caneta e colocamos muitos agradecimentos e pontos de exclamação nas costas do bilhete de Tommy.

— Pronta? — eu pergunto.
— Pronta — ela responde.

Mas acho que não é possível se preparar para um frio assim. Rouba nosso ar. Sufoca.

— Quando dobrarmos aquela esquina, vamos conseguir ver o alojamento.

Isso é tudo o que consigo dizer. Cada respiração dói.

Tommy limpou a rua hoje cedo, mas ela está escorregadia e gelada. Temos que nos concentrar antes de dar cada passo, olhando para nossos pés o tempo todo. Quando levanto o rosto novamente, o alojamento está à nossa frente, ao longe. Para chegar lá, temos que sair do caminho que Tommy limpou e andar na neve perfeita. Ao fazer isso, descobrimos o quanto de neve caiu. Vai até a metade das nossas panturrilhas, e não estamos usando a calça certa para isso. O frio penetra. Dói. Mabel está com botas finas de couro, feitas para as ruas da Califórnia. Vão estar encharcadas quando chegarmos na porta, provavelmente destruídas. Talvez devêssemos ter esperado Tommy voltar e nos levar de carro, mas já estamos aqui agora, então seguimos em frente. Nunca vi um céu tão limpo, azul e penetrante, intenso de uma forma que não sabia que era possível. Os lábios de Mabel estão roxos; tremer nem começa a descrever o que meu corpo está fazendo. Mas agora estamos perto. O prédio se projeta acima de nós, então procuro as chaves frias com dedos tão duros que mal conseguem segurá-las. De alguma forma consigo enfiar a chave na fechadura, mas não abrir a porta. Tiramos neve do chão com as mãos, empurramos com as botas, puxamos a porta até empurrar o resto de neve num arco, formando uma única asa de anjo, depois deixamos que feche atrás de nós.

— Chuveiro — diz Mabel no elevador.

Quando chegamos ao meu andar, corro para o quarto e pego as toalhas. Entramos nos boxes e tiramos a roupa, desesperadas demais por calor para permitir que seja constrangedor.

Ficamos muito tempo embaixo da água. Minhas pernas e mãos estão dormentes e, de repente, começam a queimar. Então um sentimento familiar volta a elas.

Mabel termina primeiro. Escuto a torneira fechar e dou um tempo para ela voltar ao quarto. Não me incomodo de ficar um pouco mais embaixo da água quente.

Mabel está certa: a comida ainda está fria. Estamos lado a lado na cozinha, olhando a geladeira, sentindo o calor dos dutos de aquecimento.

— Você comprou tudo isso? — pergunta.

— Comprei — respondo, embora não precise, já que meu nome está em tudo.

— Voto no chili — ela diz.

— Tem pão de milho para acompanhar. E manteiga e mel.

— Hum, que delícia.

Abrimos e fechamos todas as gavetas e armários até encontrarmos uma panela para o chili, um ralador para o queijo, uma assadeira para o pão, pratos e talheres.

Quando estou colocando o chili na panela, Mabel diz:

— Tenho uma novidade. Uma novidade *boa*. Estava esperando o momento certo.

— Me conte.

— Carlos vai ter um bebê.

— *O quê?*

— Griselda está grávida de cinco meses.

Balanço a cabeça, maravilhada. Carlos foi para a faculdade antes de Mabel e eu ficarmos amigas, então só o vi algumas vezes, mas...

— Você vai ser tia — digo.

— Tia Mabel — ela diz.

— Que incrível.

— Não é?

— É.

— Eles obrigaram a gente a fazer uma videoconferência. Meus pais em São Francisco, eu na faculdade, eles no Uruguai...

— É lá que eles estão morando agora?

— É, até Griselda terminar o doutorado. Fiquei irritada, porque demorou uma eternidade para a ligação dar certo, mas quando eles finalmente apareceram na tela só vi a barriguinha. Então comecei a chorar, meus pais começaram a chorar... Foi incrível. Foi na hora certa, porque eles estavam emotivos de ter que tirar as coisas de Carlos do quarto dele. Não que não *quisessem*. Mas só ficavam falando "Nosso filho está adulto, nunca mais vai ser nosso garotinho!". E de repente era só: "Netinho!".

— Eles vão ser os melhores avós do mundo.

— Já estão comprando coisas para o bebê. Tudo neutro, porque vai ser surpresa.

Penso em Mabel e na sobrinha ou no sobrinho. Nela viajando para o Uruguai para conhecer essa vida nova. Vendo uma pessoa crescer dentro de uma barriga redonda, virar um bebê, depois uma criança capaz de contar coisas para ela. Penso em Ana e Javier, empolgados, lembrando como eram quando Carlos era pequeno.

Quase fico sem ar.

Não sei se já pensei sobre a expansividade de uma vida. Penso nisso no mundo mais amplo, na natureza e no tempo, em séculos e galáxias, mas pensar em Ana e Javier jovens e apaixonados, tendo o primeiro filho, vendo-o crescer, se casar, se mudar. Sabendo que em pouco tempo vão ter outro descendente para amar. Sabendo que vão envelhecer, que vão ficar velhos como vovô era, com cabelo grisalho e um tremor no andar, com tanto amor ainda no coração... isso me deixa atônita. Estou transtornada.

Apesar da doçura da notícia, uma solidão sem fundo e negra me invade.

Quero saber o que vovô sentiu quando soube que minha mãe estava grávida. Ela era jovem e meu pai não estava na jogada, mas vovô deve ter sentido alguma alegria apesar do susto. Eu me pergunto se, quando o choque passou, ele pulou e dançou ao pensar em mim.

Mabel me conta mais sobre os planos de Carlos e Griselda, qual é a data prevista, de quais nomes ela gosta.

— Estou fazendo listas — diz. — Vou ler para você. Quer dizer, claro que são eles que vão escolher o nome, mas e se eu encontrar um perfeito?

Estou tentando ficar aqui com ela, na felicidade.

— Eu adoraria ouvir — digo.

— Ah, não — diz Mabel, apontando para o fogão.

O chili está queimando, então abaixamos o fogo. O pão de milho ainda vai demorar vinte minutos para ficar pronto.

Escuto as ideias dela sobre o quarto e o que vai fazer no lugar do chá de bebê, já que não vai poder viajar durante o semestre letivo. Tento bastante, mas não consigo afastar a solidão.

Por isso, quando fazemos uma pausa na conversa, quando parece que o assunto acabou, eu me sento à mesa e ela se senta à minha frente.

— Você disse que ele era fofo — começo. — O vovô.

Mabel franze a testa.

— Eu pedi desculpas por isso.

— Não — digo. — *Eu* que peço desculpas. Fala mais.

Ela olha para mim.

— Por favor.

Mabel dá de ombros.

— Ele sempre... fazia coisas adoráveis. Tipo polir castiçais. Quem faz isso? Vovô se sentava à mesa redonda da cozinha, cantarolando com o rádio, e polia o metal até brilhar.

— E jogava cartas com os amigos o dia todo, como se fosse o trabalho deles ou algo assim, dizendo que mantinha a mente afiada quando era só pretexto para tomar uísque e ter companhia. E ganhar dinheiro.

Assenti.

— Ele ganhava mais do que os outros. Acho que foi assim que me mandou para cá. Depois de algumas décadas ganhando em joguinhos de pôquer.

Ela sorri.

— Os doces que ele fazia. Como ele amava quando eu falava espanhol. E eu, as músicas que ele cantava, e os sermões que nos dava. Queria ter ouvido mais. Sinto que tinha tantas outras coisas que poderíamos ter aprendido com ele. — Mabel me lança um olhar rápido e diz: — Pelo menos eu poderia ter aprendido mais. Não quero falar por você.

— Não — eu digo. — Também já pensei nisso. Era impossível saber qual seria o assunto do sermão até ele começar. E alguns pareciam tão aleatórios na época, mas talvez não fossem. Uma vez, vovô fez uma série de três dias sobre remoção de manchas.

— De roupas?

— Também, mas com variações. Como tirar uma mancha de tapete, quando usar água com gás e quando usar água sanitária, como testar para ver se o tecido soltaria tinta...

— Incrível.

— E eu aprendi mesmo. Sei tirar mancha de qualquer coisa.

— Vou me lembrar disso — ela diz. — Não fique surpresa se receber pacotes de roupas minhas.

— Por que fui dizer isso?

Sorrimos até a piada passar.

— Sinto falta do rosto dele — diz Mabel.

— Eu também.

As linhas fundas perto dos olhos, da boca e no centro da testa. Os cílios curtos e grossos, os olhos azul-oceano. Os dentes manchados de nicotina e o sorriso largo.

— E como ele amava piadas — continua Mabel. — Mas sempre ria mais das dele.

— É verdade.

— Tem tantas outras coisas que são mais difíceis ainda de colocar em palavras. Eu poderia tentar se você quiser.

— Não — eu digo. — Já está bom.

Impeço minha mente de me levar de volta para aquela última noite e minhas descobertas. Só fico repassando cada coisa que Mabel disse e imagino todas, uma a uma, até virarem outras lembranças. Como soava quando ele andava no corredor com os chinelos quadriculados, suas unhas limpas e curtas, o ruído rouco de quando limpava a garganta. Um calor suave surge em mim, um sussurro de como era antes. Isso afasta um pouco a solidão.

De repente, penso em outra coisa que Mabel disse.

— Por que eles esvaziaram o quarto de Carlos?

Ela inclina a cabeça.

— Para você. Falei que eles redecoraram.

— Mas achei que você estava falando do quarto de *hóspedes*.

— Aquele quarto é minúsculo. E é para hóspedes.

— Ah — eu digo. Um *ding* mecânico soa. — Acho que supus...

O *ding* se repete. É o timer do forno. Quase esqueci onde estamos. Não sei o que estou tentando dizer, então olho os pãezinhos de milho e vejo que estão dourados.

Algo está mudando dentro de mim. Uma nuvem pesada passa. Um vislumbre de claridade surge. Meu nome pintado em uma porta.

Depois de procurar em uma série de gavetas, encontro uma luva gasta de estampa natalina. Mostro para Mabel.

— Muito apropriado — ela diz.

— Né?

Está tão puída que o calor da assadeira atravessa o tecido, mas consigo colocar o pão em cima do fogão antes de me queimar. O aroma enche o ar.

Colocamos o chili em duas tigelas e cobrimos com *sour cream* e queijo ralado. Servimos mel e manteiga.

— Quero saber da sua vida — digo.

Sei que deveria ter dito isso meses atrás. Deveria ter dito ontem, anteontem.

Mabel me conta sobre Los Angeles, sobre todos os nomes famosos que são citados com frequência ao redor dela, sobre como se sentiu perdida nas primeiras semanas lá, mas como agora está mais à vontade. Olhamos o site da galeria de Ana, e Mabel me conta sobre a exposição mais recente da mãe. Vejo imagens de borboletas, cada asa feita de fragmentos de fotografias tingidas de pigmentos fortes até ficarem irreconhecíveis.

— Eu poderia dizer o que são — ela diz. — Mas tenho certeza de que você consegue descobrir sozinha.

Pergunto se ela tem falado com o pessoal, e Mabel me diz que Ben está gostando de Pitzer. Diz que ele sempre pergunta sobre mim. Também está preocupado. Que os dois ficam sempre combinando que vão se encontrar um fim de semana, mas que o sul da Califórnia é enorme. Ir para qualquer lugar demora uma eternidade, e eles ainda estão se acostumando com a nova rotina.

— Mas é bom saber que ele está lá, perto o bastante caso eu precise de um velho amigo. — Ela faz uma pausa. — Você sabe que tem mais gente em Nova York, não é?

Balanço a cabeça. Não penso nisso há tanto tempo.

— Courtney está na "NEW YORK UNIVERSITY".

Dou uma gargalhada.

— Isso nunca vai rolar.

— Eleanor está na Sarah Lawrence.

— Nem conheço a garota direito.

— Nem eu, mas ela é engraçada. Qual é a distância daqui até Sarah Lawrence?

— O que você está tentando fazer?

— Só não quero que você fique sozinha.

— E *Courtney* e *Eleanor* vão resolver isso?

— Tudo bem — ela diz. — Você está certa. Pareço desesperada.

Levanto para recolher os pratos, mas só os empilho e deixo de lado. Sento de novo e passo a mão pela mesa para tirar os farelos.

— Quero ouvir mais — digo. — Desviamos do assunto.

— Já contei sobre minhas aulas favoritas...

— Conte sobre Jacob — peço.

Ela pisca com força.

— Não precisamos falar sobre ele.

— Tudo bem — digo. — É parte da sua vida. Quero saber sobre ele.

— Nem sei se é sério — diz Mabel, mas sei que está mentindo. O jeito como ela fala com ele à noite. Como diz "Eu te amo".

Olho para ela e espero.

— Posso mostrar uma foto — ela diz, e eu faço que sim.

Mabel pega o celular. Passa algumas fotos e escolhe uma. Eles estão sentados lado a lado na praia, os ombros se tocando. Ele usa óculos escuros e boné, então não dá para ver direito. Olho para ela na foto. O sorriso largo, a trança caindo no ombro, os braços expostos, o jeito como está encostada nele.

— Vocês parecem felizes juntos — comento.

A frase sai verdadeira e simples. Sem amargura e também sem arrependimento.

— *Obrigada* — ela sussurra.

Mabel pega o celular e guarda no bolso.

Um minuto passa. Talvez alguns.

Ela leva os pratos que empilhei para a pia. Lava tudo, incluindo as tigelas, a panela, a assadeira e os talheres. Em algum momento, eu me levanto e encontro um pano de prato. Mabel limpa o molho de pimenta e carne que respingou no fogão enquanto seco tudo e guardo.

capítulo quinze
JULHO E AGOSTO

FOI UM VERÃO DE FICAR na rua até tarde, um verão de andar por aí. Não era mais certo que eu estaria em casa para o jantar, como se vovô e eu estivéssemos treinando para o futuro um sem o outro. No começo, ele deixava comida para mim. Uma ou duas vezes liguei para dizer que ia levar sobras de alguma coisa que Javier tinha feito. Lentamente, os jantares foram acabando. Eu tinha medo de ele não estar se alimentando, mas ele negava quando eu perguntava. Um dia, fui ao porão lavar roupa e vi uma porção de lenços sujos de sangue. Sete. Abri um a um e usei os truques que ele tinha me ensinado para tirar manchas. Esperei a lavadora completar o ciclo todo, torcendo para que tivesse funcionado. Os sete saíram limpos, mas continuei com um nó na garganta e o estômago doendo.

Dobrei um a um em quadradinhos. Levei para o andar de cima no topo da pilha. Vovô estava na sala de jantar servindo um copo de uísque quando entrei lá.

Ele olhou para as roupas lavadas.

— Como anda se sentindo, vovô?

Ele limpou a garganta.

— Mais ou menos — disse.

— Foi ao médico?

Ele riu em deboche, pois minha sugestão era ridícula, e eu me lembrei de quando voltei para casa depois de uma aula de saúde e bem-estar no Ensino Fundamental e conversei com ele sobre os perigos de fumar.

Vovô havia me dito que "Essa conversa é muito americana. Moramos nos Estados Unidos. Isso mesmo, marinheira. Isso mesmo. Mas, onde quer que moremos no mundo, alguma coisa vai nos pegar no final. Alguma coisa sempre nos pega."

Eu não soube na hora como argumentar contra isso.

Devia ter me esforçado mais.

— Você nunca toca nisso — disse vovô, levantando a garrafa de uísque. — Né?

Balancei a cabeça.

— Depois daquele dia, claro — ele disse.

— Foi a única vez.

— Que bom — disse. — Que bom. — Vovô recolocou a tampa na garrafa e pegou o copo. — Tem dois minutinhos? Tenho umas coisas para mostrar.

— Claro.

Ele indicou a nossa mesa de jantar, onde havia alguns papéis espalhados.

— Sente comigo.

Na minha frente estavam documentos da minha futura faculdade, agradecendo pelo nosso pagamento integral dos dois primeiros semestres. Havia um envelope com meu cartão da previdência social e minha certidão de nascimento. Eu não sabia que ele tinha aquilo.

— Estes são os dados da sua nova conta bancária. Parece muito dinheiro. E é. Mas vai acabar. Depois que você for embora, chega de café de quatro dólares. Isto aqui é para gastar com comida e ônibus. Livros e roupas simples. Meu coração disparou. Meus olhos arderam. Ele era tudo o que eu tinha.

— Aqui está seu novo cartão. A senha é quatro-zero-sete--três. Anote em algum lugar.

— Eu posso usar meu outro cartão — eu disse. — Da nossa conta conjunta. — Olhei novamente para a quantidade de dólares no extrato. Era mais dinheiro do que eu já tinha visto na nossa conta. — Não preciso de tudo isso.

— Precisa — ele disse, então fez uma pausa e limpou a garganta. — Vai precisar.

— Só preciso de você.

Ele se recostou na cadeira. Tirou os óculos, limpou e colocou de volta.

— Marinheira.

Os olhos dele estavam amarelos como margaridas. Vovô vinha tossindo sangue. Parecia um esqueleto sentado ao meu lado.

Balançou a cabeça e disse:

— Você sempre foi uma garota inteligente.

Foi um verão de tentar não pensar demais. Um verão de fingir que o fim não estava chegando. Um verão em que me perdi no tempo, em que raramente sabia que dia era ou me importava com a hora. Um verão tão ensolarado e quente que me fez acreditar que o calor duraria, que sempre haveria mais dias, que o sangue nos lenços era um exercício de remoção de manchas, e não um sinal do fim dos tempos.

Foi um verão de negação. De descobrir o que o corpo de Mabel podia fazer pelo meu, e o que o meu podia fazer pelo dela. Um verão passado na cama branca da casa dela, com seu cabelo espalhado no travesseiro. Um verão passado no meu tapete vermelho, com o sol no nosso rosto. Um verão em que o amor era tudo, e não conversávamos sobre a faculdade nem sobre geografia, e andávamos de ônibus, pegávamos carona ou caminhávamos pelos quarteirões da cidade de sandálias.

Turistas iam para a nossa praia e ocupavam nossos lugares de sempre, então pegamos o carro de Ana emprestado e atravessamos a Golden Gate em busca de um pedacinho de mar só nosso. Comemos peixe empanado com batatas fritas em um pub escuro que parecia ser de um país diferente, recolhemos vidro em vez de conchas, e nos beijamos nas florestas de sequoias, nos beijamos na água, nos beijamos em cinemas por toda a cidade durante matinês e exibições tarde da noite. Nos beijamos em livrarias, lojas de discos e provadores. Nos beijamos do lado de fora do bar Lexington porque éramos novas demais para entrar. Olhamos pela porta para todas as mulheres lá dentro, com cabelo curto e cabelo comprido, batom e tatuagem, vestidos e calças jeans apertadas, camisas e blusinhas, e nos imaginamos entre elas.

Não falamos sobre a partida de Mabel, que ia acontecer quinze dias antes da minha. Não falamos sobre o sangue nos lenços nem a tosse que tomava conta dos fundos da minha casa. Não contei a ela sobre os documentos e a nova conta bancária, e quase nem pensei nisso (só quando me via sem Mabel, nas horas mais sombrias e silenciosas). Quando pensava, eu afastava os pensamentos.

Mas acontece que nem a mais intensa negação pode fazer o tempo parar. E ali estávamos nós, na casa dela. No saguão, estavam as malas e bolsas que ela arrumara quando eu não estava olhando. Eles colocariam tudo no carro de manhã. Ana e Javier me convidaram para ir de carro com eles até Los Angeles, mas eu não conseguia suportar a ideia de voltar sem ela, como a única passageira no banco de trás, e Mabel pareceu aliviada quando eu disse não.

— Acho que eu ia chorar o caminho todo — ela disse no quarto naquela noite. — Talvez eu chore o caminho todo de qualquer jeito, mas pelo menos assim você não vai estar vendo.

Tentei sorrir, mas falhei. O problema da negação é que, quando a verdade chega, você não está pronta.

Nós abrimos o laptop dela. Pesquisamos o caminho de Los Angeles até o condado de Dutchess. Quarenta horas de carro. Dissemos que não era muita coisa, pensávamos que fosse mais. Poderíamos nos encontrar em Nebraska, e assim só seriam vinte horas para cada uma. *Tranquilo*, dissemos, mas não conseguimos nos encarar.

Foi no meio da noite que Mabel sussurrou:
— *Não vamos nos encontrar no Nebraska, vamos?*
Balancei a cabeça.
— Nem temos carro.
— Tem as férias — ela disse. — Voltaremos para casa nas férias.
— Todo mundo fala que são quatro anos, mas na verdade são só alguns meses, seguidos de alguns meses em casa no verão. Ela assentiu e passou a mão pela lateral do meu rosto.
A manhã chegou rápido demais. Tanta claridade, tanto barulho na cozinha. Eu sabia que não conseguiria botar nada no estômago, então me vesti e saí antes do café. Ouvi a mesma música de sofrimento durante todo o trajeto de ônibus até em casa, porque ainda era um verão em que a tristeza era bonita.

capítulo dezesseis

NOSSO TEMPO ESTÁ ACABANDO, MAS não estou pronta. Sinto o vazio do alojamento de novo. Está ficando mais claro que ele não vai se transformar no Natal, que vai ficar exatamente como está agora, só que com uma pessoa a menos. Não vai estar mais quente do lado de dentro nem cheio de luzes e odor de pinheiro. Não vai se encher com as músicas do vovô. Onde foram parar nossas decorações? O sino de anjinho, o cavalo pintado, a arvorezinha, a letra M cheia de lantejoulas?

É meio-dia, depois uma hora. Fico olhando para o celular porque não quero que o tempo me pegue de surpresa.

São duas horas, e meu corpo pesado afunda. Não consigo afastar a sensação de que tudo está acabando de novo; só que é pior desta vez, porque sei o que me espera quando acabar.

São duas e meia.

Ainda tem tanta coisa que preciso contar para ela.

Mabel não me perguntou mais nada sobre o vovô. Não mencionou o nome de Birdie desde ontem à noite. Conheço o sentimento de não querer saber, mas ao mesmo tempo acho que ela ouviria se eu começasse a falar. Estamos fazendo um jogo, mesmo sem pretender. Queremos que a outra fale primeiro.

São três horas e eu ainda não disse nada, mas tenho que começar. Então me obrigo a isso.

— Preciso contar o que aconteceu depois que você foi embora — digo.

Nós estamos de novo no meu quarto, sentadas no tapete, olhando uma pilha de revistas de Hannah. Vejo páginas de casas e roupas perfeitas, mas não consigo me concentrar em nenhuma das palavras que as acompanham.

Mabel fecha a revista e a coloca de lado. Então, ela olha para mim.

capítulo dezessete
AGOSTO

NAS MANHÃS DEPOIS QUE ELA foi embora, acordei cedo, não sei por quê. Eu queria passar os dias dormindo, mas não conseguia. A neblina estava pesada sobre os telhados, fios de telefone e árvores, e eu preparava um chá e voltava para o quarto para ler e esperar que o sol a dissipasse.

Depois, ia para a Ocean Beach.

Sentava no lugar onde Mabel e eu costumávamos ficar e olhava para a água. Estava tentando me lembrar da minha mãe. Não sabia daquilo durante todos os anos em que o fizera, mas já estava claro para mim na ocasião. As ondas vinham e eu tentava me lembrar do jeito como ela devia ficar na prancha, de como devia arrastá-la quando voltava para a areia, de como acenaria para mim com a outra mão. Talvez eu me sentasse com os amigos dela. Talvez as lembranças enterradas daqueles dias fossem o que sempre me levava de volta.

Era meados de agosto, e Mabel tinha ido embora poucos dias antes. Eu tinha que viajar em pouco mais de duas semanas. Era uma manhã tranquila, com só dois caras surfando ao longe.

Quando eles saíram da água, ficaram parados conversando, e em determinado momento eu os vi olhando para mim. Consegui sentir o que eles estavam dizendo. Dois deles contavam para um terceiro quem eu era.

Parecia tão injusto que lembrassem e eu não. Talvez, se fechasse os olhos e só ouvisse, conseguiria. Eu sabia que cheiros despertavam lembranças, então inspirei fundo. Então ouvi uma voz. Era um dos caras. Os outros dois tinham ido embora.

— Marin — ele disse. — Não é?

— É.

Apertei os olhos para ele, me perguntando se era meu cabelo que o fazia se lembrar dela. Ou poderia ser alguma coisa intangível. A atmosfera que eu emitia ou um gesto que tivesse feito.

— O que você está esperando?

— Nada — eu disse.

Mas não era verdade. Eu estava esperando uma nostalgia distante tomar conta dele, do mesmo jeito que fazia com os outros. Quase estiquei a mão, certa de que ele me daria conchas. Talvez a sensação delas nas minhas palmas ajudasse.

— Ouvi falar que você era muito parecida com sua mãe, mas isso é ridículo.

Não sou muito simpático, mas sorri mesmo assim e agradeci.

— Tenho uma van no estacionamento e tempo livre — ele disse.

Meu corpo ficou tenso. Apesar do peso no estômago, apesar do jeito como eu estava afundando na areia, com a escuridão se aproximando, fiz minha voz ficar mais forte.

— E quem é você? — perguntei.

— Fred.

— Nunca ouvi falar de você.

Eu me virei para o mar e vi as ondas baterem. Quanto mais eu me concentrava nelas, mais altas e mais perto ficavam. Quando uma onda chegou na ponta do meu sapato, levantei. Eu estava sozinha, como queria, mas a sensação era terrível. Precisava de alguma coisa. *Ana*, pensei, mas era idiotice. Ela não era minha. Eu precisava de um lugar quente, de música, de aposentos com cheiro doce.

O trânsito se abriu para mim; o céu cada vez mais escuro segurou a luz até eu destrancar a porta e subir correndo.

— Vovô — gritei. — Emergência! Preciso de bolo!

Ele não estava na sala de estar nem na de jantar. A cozinha estava vazia, não tinha nada no fogão nem no forno.

— Vovô.

Fiquei parada ouvindo. Silêncio. Ele devia ter saído, pensei, mas fui para a porta do escritório. Eu o vi. Não consegui acreditar, mas ele estava sentado em frente à escrivaninha. Um cigarro soltando fumaça no cinzeiro de cristal, uma caneta na mão, com uma expressão vazia no rosto.

— Vovô?

— Não é uma boa hora.

Nem era a voz dele.

— Desculpa — eu disse, recuando.

Fui até o sofá. Queria um sermão sobre qualquer coisa. Sobre o nome adequado de um estabelecimento que vendia café. A falsidade das freiras. A diferença entre desejo carnal e amor pela alma de alguém.

Eu queria joelhos se tocando embaixo da mesa. Queria que ele me contasse sobre minha mãe. A noite caiu e ele não saiu. Não fez o jantar. Fiquei sentada no sofá, perfeitamente imóvel, até minhas costas começarem a doer, meus pés ficarem dormentes e eu ter que levantar para fazer o sangue circular de novo. Me preparei para a cama e fui para o quarto na parte da frente da casa, aonde ninguém nunca ia, só eu.

capítulo dezoito

— MARIN — DIZ MABEL. — Por favor, fale comigo. Acho que fiquei em silêncio. Eu nem percebi.

— *Sinto saudades dele* — sussurro.

Não é o que eu esperava dizer, apenas saiu. Nem sei se é verdade. Sinto saudades dele, mas também não sinto.

Mabel chega mais perto.

— Eu sei — ela diz. — Eu sei. Mas você estava tentando me dizer alguma coisa. Quero ouvir.

Seu joelho está perto do meu. Mabel não está com medo de me tocar agora que sabemos que podemos nos abraçar a noite toda sem ir além. Eu a amo, mas não posso voltar no tempo. Não posso voltar a fogueiras na praia. Nem a bocas se tocando. Nem a mãos ávidas e desastradas. Nem a dedos percorrendo seu cabelo. Mas talvez eu possa voltar mais ainda no tempo, para uma época menos complicada, em que "fofo" era uma descrição precisa do meu avô e Mabel era apenas minha melhor amiga.

Eu quero falar para ela, mas não consigo ainda. As palavras estão entaladas.

— Me conta alguma coisa — digo.
— O quê?
— Qualquer coisa.
Sobre o calor.
Sobre a praia.
Sobre uma garota que mora em uma casa com o avô, sobre uma casa cheia de amor, sobre uma casa que não é assombrada. Mãos cobertas de farinha de bolo e ar com cheiro doce. Sobre o jeito como a garota e o avô lavavam as roupas um do outro e as deixavam dobradas na sala, não porque havia segredos, mas porque eles eram assim mesmo: simples, fáceis e verdadeiros.

Mas, antes que Mabel possa dizer qualquer coisa, as palavras começam a sair.
— Nada era real — conto para ela.
Mabel chega mais perto e nossas coxas se tocam. Ela segura minhas mãos como fazíamos na praia, como se eu estivesse congelando e pudesse me aquecer.
— Nada era real?
— *Ele* — eu sussurro.
— Não estou entendendo.
— Vovô tinha um closet atrás do quarto. Era onde ele realmente morava. Era cheio de coisas.
— Que tipo de coisas?
— Cartas, para começar. Todas escritas por ele. Ele assinava o nome dela, mas escrevia todas.
— Marin, eu não...

capítulo dezenove

AGOSTO

A SAÍDA DE VOVÔ ME acordou. A porta batendo, passos descendo a escada. Olhei para a rua e o vi dobrar a esquina na direção do mercado, da casa de Bo ou de vários outros lugares para os quais ele ia em suas caminhadas pelo bairro. Era tarde. Já passava das onze quando entrei no banho. Cozinhei ovos e deixei dois em um prato fundo para ele. Fiz chá e coloquei um segundo saquinho numa xícara para quando ele voltasse. Li no sofá por um tempo. Depois saí. Passei o resto do dia no Dolores Park com Ben e Laney, jogando uma bolinha para ela, rindo com ele, repassando todas as lembranças compartilhadas nos últimos sete anos das nossas vidas. Amarramos a cachorrinha em um poste em frente à casa de tacos favorita de Ben. Todos os hipsters paravam e faziam carinho nela.

— Como você vai viver sem isso? — ele perguntou, enquanto mordíamos nossos burritos. — Tem comida mexicana em Nova York?

— Sinceramente? Não faço ideia.

Eram mais de oito horas quando cheguei em casa. Senti a quietude na mesma hora.

— Vovô? — chamei, mas, como na noite anterior, ele não respondeu.

A porta do seu quarto estava fechada. Bati e esperei. Nada. O carro estava na frente de casa. Desci a escada até o porão para o caso de ele estar lavando roupa, mas a máquina estava desligada. Os ovos que eu deixei na cozinha continuavam intocados no prato, assim como o saquinho de chá na xícara.

Ocean Beach. Peguei um suéter e fui procurá-lo lá. Estava escurecendo, e os faróis brilhavam quando atravessei a Great Highway. Corri na areia e subi as dunas. A grama arranhou meus tornozelos. Um bando de pássaros voava sobre minha cabeça quando passei pela placa de aviso que todo mundo ignorava, apesar do perigo sobre o qual ela alertava ser inegavelmente real. Pensei nas pernas das calças encharcadas de vovô, no corpo esquelético, no sangue nos lenços. Tive uma visão clara da água agora, mas não havia luz suficiente para identificar os detalhes. Desejei que os amigos da minha mãe estivessem por ali, mas, por mais habilidosos que eles fossem, nem eles surfavam no crepúsculo.

Havia grupinhos de pessoas caminhando, duas figuras solitárias com cachorros. Nenhum senhor à vista. Dei meia-volta.

Em casa de novo, bati na porta dele.

Silêncio.

O pânico deixou minha visão turva.

Uma sucessão de voos e quedas, uma pequena gangorra de palpitações boas e más.

Era minha mente pregando peças em mim. Eu estava histérica. Vovô saía de casa o tempo todo, e eu mal ficara em casa no verão. Por que ele estaria ali agora para mim? Eu continuava do outro lado da porta dele.

— *Vovô!* — gritei.

Foi tão alto que não teria como ele continuar dormindo com meu grito. Quando a casa continuou em silêncio, eu disse para mim mesma que estava tudo bem.

Na cozinha, coloquei uma panela de água no fogo. *Antes de a água ferver, ele vai chegar.* Coloquei macarrão dentro e liguei o timer. *Antes dos dez minutos passarem.* Derreti um pouco de manteiga. Eu não estava com fome, mas comeria mesmo assim. Quando terminasse, ele entraria pela porta e chamaria meu nome.

O relógio tiquetaqueou. Comi o mais lentamente que consegui. Mas o prato ficou vazio, e eu ainda estava sozinha. Não sabia o que estava acontecendo. Tentava entender. Estava chorando, embora não quisesse.

Peguei o telefone e liguei para a casa de Jones. Fiz a voz ficar firme.

— Não — disse Jones. — Eu o vi ontem. Vou ver amanhã.

Liguei para Bo.

— O pôquer é *amanhã* à noite — ele disse.

Voltei até a porta dele. Bati com tanta força que poderia ter derrubado a porta. Eu sabia que só precisava girar a maçaneta.

Mas peguei o celular de novo. Javier atendeu.

— Você já procurou em toda parte? — ele indagou.

— Não entrei no quarto. A porta está fechada.

Senti a desorientação na pausa de Javier.

— Abra, Marin — ele disse, por fim. — Vá em frente e abra.

— Mas... e se o vovô estiver lá dentro? — Minha voz saiu muito baixa.

— Deve estar trânsito na Market, mas estaremos aí o mais rápido possível.

— Estou sozinha — eu disse.

Nem sabia o que estava dizendo.

— Vou ligar para a polícia. Vão chegar aí antes de nós. Fique esperando. Nós estamos indo. Podemos fazer isso juntos. Já vamos sair.

Eu não queria que Javier desligasse, mas foi o que ele fez. Minhas mãos tremiam. Eu estava de frente para a porta fechada. Virei de costas, na direção da foto da minha mãe. Eu precisava dela. Tirei a foto da parede. Tinha que ver melhor. Decidi tirar da moldura de vidro. Talvez segurar nas mãos me ajudasse a lembrar. Talvez eu a sentisse comigo.

Em frente à mesa de centro, ajoelhei no tapete e levantei as pequenas travas de metal que seguravam a moldura no lugar. Levantei o papelão e ali estava a parte de trás da fotografia, amarelada, com uma anotação na caligrafia do vovô: *Birdie em Ocean Beach, 1996*. Minha visão ficou dupla, mas logo se corrigiu. A escuridão atrapalhava.

Talvez minha mente estivesse me pregando peças. Talvez Birdie fosse só um apelido carinhoso que ele desse pra todo mundo de quem gostava.

Abri a porta pela primeira vez.

Ali estava eu, no escritório. Nos quinze anos em que morara ali, nunca tinha entrado. Uma parede era cheia de prateleiras, onde havia caixas e caixas de cartas. Com as mãos trêmulas, peguei uma. O envelope estava endereçado para uma caixa postal. A letra era dele.

Desdobrei o papel. *Papai*, dizia. *As montanhas estão lindas hoje. Quando você vem me visitar, só por um tempinho? Marin tem a escola e os amigos. Você pode deixá-la aí por algumas semanas.* Parei de ler. Procurei a carta seguinte. Endereçada a Claire Delaney, Colorado, mas sem selo. Peguei o papel. *Você sabe que não posso fazer isso. Ainda não. Mas em breve. Em breve.* Peguei outra caixa de cartas. Eram todas dele para ela ou dela para ele. Estavam todas escritas na caligrafia do vovô. Datavam de tantos anos antes. Eu estava tentando ler, mas minha visão embaçava.

Ouvi sirenes distantes. Saí de seu escritório e entrei no quarto do vovô.

Tinha cheiro de cigarros e mar. Tinha o cheiro dele. A cama estava feita e tudo estava arrumado. Percebi pela primeira vez como era errado eu nunca ter visto seu quarto. Como era errado ter ficado de fora. A porta do closet estava aberta, todos os suéteres haviam sido dobrados com precisão. Puxei uma gaveta e vi as camisas que lavara e dobrara para ele dois dias antes. Abri uma gaveta menor e vi a pilha de lenços. Sabia que estava procurando alguma coisa, mas não o quê.

As sirenes estavam ficando mais altas. De repente, eu vi. Uma poltrona de veludo puído, encostada em uma porta.

Eu a empurrei.

Girei a maçaneta.

Era um espaço pequeno, algo entre um quarto e um armário, escuro até eu encontrar a corrente pendurada no teto e puxar. Então, todas as coisas da minha mãe se iluminaram. Estavam preservadas como se para um museu, em sacos plásticos e caixas com etiquetas como CAMISAS, CALÇAS E SHORTS, LINGERIE E ROUPA DE BANHO, VESTIDOS, SAPATOS. TRABALHOS DE ESCOLA, BILHETES E CARTAS, PÔSTERES E SUVENIRES, LIVROS E REVISTAS. Fotografias dela cobriam uma parede inteira. Cada centímetro quadrado, imagens que ele nunca me mostrou. Ela era uma garotinha de babados, uma adolescente de jeans rasgado, uma jovem de biquíni e traje de surfe, uma mãe segurando um bebê, *me* segurando.

As sirenes pararam. Ouvi uma batida na porta.

— Polícia! — eles gritaram.

Em todas as fotos, minha mãe era uma estranha para mim. Eu não sabia onde vovô estava, mas sabia que não ia vê-lo. Nunca mais.

Deve ter havido um estrondo quando a porta foi derrubada.

Deve ter havido som de passos vindo na minha direção.

Devem ter gritado para quem estivesse em casa.

Mas ninguém me apressou enquanto eu olhava tudo. Ninguém disse nada quando virei para as roupas, peguei a bolsa onde estava escrito VESTIDOS, abri só para ter certeza e encontrei aquele verde. O tecido se desdobrou como no dia em que ele mostrou para mim e não permitiu que eu tocasse.

Deixei cair no chão. Virei.

Dois policiais estavam me olhando.

— Você é Marin Delaney?

Assenti.

— Nós recebemos uma ligação informando que você precisava de ajuda.

Meu corpo estava pesado de saudade; meu coração, pela primeira vez, cheio de ódio.

Eles estavam esperando que eu dissesse alguma coisa.

— Me levem daqui — disse.

— Vamos para a delegacia — disse um dos policiais.

— Tem certeza de que não quer pegar um casaco? — perguntou o outro.

Balancei a cabeça.

— Desculpa por isso — ele disse quando entrei no carro, atrás de uma grade de metal. — É um trajeto rápido.

Sentei em uma sala. Levaram um copo de água e depois outro. Eles me deixaram sozinha e voltaram depois.

— Ele estava agindo de forma errática? — um deles perguntou.

Eu não sabia. Estava agindo como o vovô.

Eles esperaram.

— Como assim?

— Desculpa. Você precisa de um minuto? Vamos registrar todas as informações que temos.

— Vamos para a próxima pergunta — disse o outro. — Você sabe se seu avô tem histórico de doença mental?

Eu ri.

— Você viu aquele quarto.

— Alguma outra indicação?

— Ele achava que os amigos estavam envenenando o uísque dele — eu disse. — Tem isso.

Não consegui falar sobre as cartas. Estavam lá se eles quisessem ver.

— O que faz você acreditar que seu avô possa ter desaparecido? Como assim "desaparecido"? O que queriam dizer com "acreditar"? Eu só sabia sobre tecido verde se desdobrando. Ovos intocados. Quartos secretos e fotografias. Chá, café e cigarros. Uma cama arrumada. Um par de chinelos. Silêncio. E milhares de segredos guardados de mim.

— Acho que ele estava com câncer — eu disse. — Tinha sangue nos lenços.

— Câncer — disse um deles, e tomou nota.

Olhei para o bloco. Tudo que falei estava ali, como se minhas respostas realmente quisessem dizer alguma coisa, como se fossem revelar a verdade.

— Sangue nos lenços — eu disse. — Você vai anotar isso?

— Claro — ele disse, escrevendo as palavras com capricho.

— Nós temos duas testemunhas que viram um idoso entrando na água em Ocean Beach — disse o outro. Eu já imaginava, acho. O mar podia levá-lo facilmente. Eu já sabia, mas senti o corpo ficar rígido, como se a morta fosse eu. — Temos uma equipe de busca lá agora, tentando encontrar o homem. Mas, se for seu avô, já está desaparecido há mais de oito horas.

— *Oito* horas? Que horas são?

A única janela na sala dava para o corredor. Lá fora, já devia ser dia.

— Tem duas pessoas no saguão esperando você. O sr. e a sra. Valenzuela.

Pensei em vovô sendo engolido pela água. Devia estar tão frio. Ele sem roupa de mergulho. Só de camiseta fina, com os braços expostos. A pele fina, cheia de arranhões e hematomas.

— Estou muito cansada — eu disse.

— Tenho certeza de que eles podem levar você para casa.

Eu nunca mais queria vê-lo. E nunca mais veria. Ainda assim, como poderia botar o pé dentro de casa sem ele? A perda chegava de mansinho, negra e cavernosa.

Pensei em Ana e Javier, na gentileza com que olhariam para mim, nas coisas que poderiam dizer. Eu teria que contar para eles o que descobrira, mas sabia que não conseguiria contar nada.

Minha voz estava rouca.

— Acho que vou pegar um táxi.

— Eles parecem preocupados com você. Estão esperando há muito tempo.

Vovô devia estar congelando.

Pensei nas lágrimas dele.

— Vamos chamar um táxi para você. Se você tem certeza de que é isso que quer.

capítulo vinte

— **ESTOU TENDO DIFICULDADE** de entender — diz Mabel. — Birdie era sua mãe?
— Era. E todas as coisas que mandou para o vovô eram coisas que ele já tinha. Todas as cartas que ela escreveu, na verdade, ele mesmo tinha escrito. *Quem escreve uma carta recebe uma carta.*
— Você não reconhecia a letra dele?
— Nunca vi os envelopes — digo. — Não tinha a chave da caixa de correio.
— Ah — diz Mabel. — Certo.
— Tinha tudo. Fotos minhas e dela. Havia a porra de um museu lá dentro e vovô nunca me mostrou nada. Eu poderia ter *conhecido* minha mãe. Nada do que tínhamos era real. *Ele* não era real.

Ela se esqueceu de fazer carinho nas minhas mãos; só está apertando agora.

— Mas era só dor, não era? Ele *era* real. Só estava, sei lá, de coração partido.

Estava? Eu achava que vovô nunca mentia para mim. Achava que o conhecia, mas ele era um estranho, e como fico de luto pela morte de alguém assim? Se a pessoa que eu amava não existia, como podia estar morta? É isso que acontece quando me permito pensar demais. Aperto bem os olhos. Quero escuridão, imobilidade, mas as luzes penetram em tudo.

— Ele está morto? — pergunto a ela. Minha voz é um sussurro, a menor versão de si mesma. É o que mais tenho medo de dizer. A coisa mais maluca, que me deixa mais parecida com ele. — Não sei nem isso.

— Ei — diz Mabel. — Olha pra mim.

— Disseram que ele se afogou. Mas não encontraram nada. Nunca foi encontrado. Corpos desaparecem assim? De verdade?

— Olha pra mim — diz Mabel, mas não consigo. — Olha pra mim — ela repete.

Olho para as costuras da calça jeans. Olho para os fiapos no tapete. Olho para minhas mãos trêmulas, que soltei das dela, e tenho certeza de que devo estar perdendo a sanidade. Como o vovô, como a esposa trancada do pobre sr. Rochester, como a mulher que uivava no quarto de hotel ao lado do meu.

— Marin, ele morreu — diz Mabel. — Todo mundo sabe disso. Ele se perdeu no mar. Saiu no jornal. Só não sabemos como aconteceu.

— Mas como podemos ter certeza?

— Nós apenas sabemos — ela diz. — Apenas sabemos.

Nós apenas sabemos. Apenas sabemos.

— Mas realmente acontece desse jeito?

— Acontece — garante Mabel.

— Mas as ondas... A maré...

— É. E as correntes que puxam coisas para o fundo e mandam para longe. E pedras onde as coisas ficam presas, e os predadores.
— Você tem certeza?
— Tenho.
— Aquela gente pode ter visto outra pessoa.
Ela não responde.
— Estava escuro — insisto.
Mabel fica em silêncio.
— Marin — ela diz.
— Estava muito escuro. Você sabe como fica escuro lá.

capítulo vinte e um
AGOSTO

VOCÊ PASSA PELA VIDA ACHANDO que precisa de tanta coisa. Da sua calça jeans, do seu suéter favorito. Da sua jaqueta com forro de pele falsa para se manter aquecido. Do seu celular, das suas músicas, dos seus livros favoritos. De rímel. De chá Irish Breakfast, do cappuccino do Trouble Coffee. Você precisa dos seus anuários, de cada foto com pose rígida dos baile da escola, dos bilhetes que seus amigos colocaram no seu armário. Da câmera que ganhou no seu aniversário de dezesseis anos e das flores que deixou desidratar. Dos seus cadernos cheios das coisas que aprendeu e não quer esquecer. Da sua colcha branca com diamantes pretos. Do seu travesseiro com ajuste perfeito. Precisa de revistas que prometem desenvolvimento pessoal. Dos seus tênis de corrida, das suas sandálias e das suas botas. Do seu boletim do semestre em que só tirou nota máxima. Do seu vestido de baile, dos seus brincos de brilhantes, dos seus pingentes em correntes delicadas. Precisa das suas roupas íntimas, dos seus sutiãs claros e dos escuros. Do filtro dos sonhos pendurado acima da cama. Das dezenas e dezenas de conchas em potes de vidro.

O táxi estava esperando do lado de fora da delegacia.
"Aeroporto", eu disse, mas não saiu som nenhum.
— Aeroporto — eu disse, e nós saímos dali.
Você acha que precisa de tudo.
Até ir embora só com o celular, a carteira e uma foto da sua mãe.

capítulo vinte e dois
AGOSTO

EU NEM ME LEMBRO DIREITO de como cheguei lá. Andei até o balcão e disse que tinha uma reserva.

— Você sabe o número do voo?

Balancei a cabeça.

— Pode soletrar seu sobrenome para mim?

Não consegui pensar em uma única letra. Limpei as mãos na calça jeans.

Na delegacia, os policiais tinham dito: "Tem certeza de que você não sabe onde ele está?"

"Eu estava na cama quando ele saiu."

— Senhorita? Pode soletrar seu sobrenome?

— Desculpa — eu disse. — Não consigo.

"Desculpa", foi o que eu disse para eles. "Fiz ovos, mas ele não comeu."

— Encontrei uma reserva em nome de Marin Delaney. Para o LaGuardia. Mas é para o dia 23.

— Estou adiantada — eu disse.

"Entendo que esteja perturbada", disseram na delegacia.

— Vou ver se consigo colocar você em um voo hoje — disse a mulher. — Mas vai ter que pagar uma taxa.

Peguei o cartão do banco.

O calor me engoliu quando cheguei em Nova York. Durante toda a vida, os dias quentes tinham vindo com brisas frias, mas, mesmo com o sol se pondo, o ar continuava denso e implacável. Subi em um ônibus do aeroporto. Não sabia em que direção estava indo, mas não importava. Olhei pela janela até encontrar um letreiro de hotel iluminando a escuridão. O LAR LONGE DE CASA, dizia. Apertei o botão para descer na parada seguinte. Assim que pisei no saguão, percebi que não era um bom lugar para ficar. Devia ter ido embora, mas segui em frente mesmo assim.

— Você tem mais de dezoito anos? — perguntou o homem atrás do balcão.

— Tenho — eu disse.

Ele olhou para mim.

— Vou precisar de um documento.

Entreguei a carteira de motorista para ele.

— Quanto tempo vai ficar?

— Vou embora no dia 23.

Ele passou meu cartão, assentiu e me deu uma chave.

Subi a escada e segui pelo corredor até encontrar o quarto 217. Levei um susto no quarto antes do meu; tinha um homem olhando pela janelinha.

Virei a chave e entrei.

Era pior do que bolorento. Pior do que sujo.

Tentei abrir as janelas para fazer o cheiro sair, mas a fresta só tinha uns oito centímetros, e o ar lá fora ainda estava pesado e quente. As cortinas estavam duras, cobertas de alguma coisa. O tapete parecia manchado e gasto, a colcha tinha rasgos. Coloquei a foto em cima da cadeira, com a carteira e o celular. No quarto ao lado, uma mulher começou a uivar sem parar. Abaixo, alguém via uma novela em volume alto. Ouvi alguma coisa quebrar. É possível que alguns quartos fossem ocupados por pessoas normais, apenas num momento ruim da vida, mas minha ala estava cheia de pessoas destruídas, incluindo eu.

Já estava tarde e eu não tinha comido nada. Fiquei impressionada ao sentir fome, mas meu estômago roncava e reclamava, então atravessei a rua e fui até uma lanchonete. A placa na entrada dizia que não precisava esperar para sentar, e obedeci. Pedi um queijo quente, batatas fritas e um milk-shake de chocolate. Tinha medo de que nada me saciasse.

Estava totalmente escuro quando atravessei a rua novamente. Pedi uma escova de dentes a uma funcionária do hotel. Ela me disse que tinha uma farmácia do outro lado da rua, mas me deu um kit de viagem que alguém esquecera, ainda envolto em plástico, com uma escova e uma pasta de dentes bem pequenos. Passei pelo meu vizinho, ainda olhando pela janelinha. Quando joguei água no rosto, achei ter ouvido vovô cantando, mas ao fechar a torneira não havia nada.

Voltei para o lado de fora. Bati na porta ao lado da minha. O homem abriu a porta.

Ele tinha bochechas afundadas e olhos vermelhos. Era o tipo de pessoa que me faria atravessar a rua para ficar longe.

— Preciso pedir uma coisa — eu disse. — Se vir um velho na porta do meu quarto, pode bater na parede para me avisar?

— Claro — ele disse.

Adormeci sabendo que ele estava de olho.

Três noites depois, ouvi uma batida acima da minha cabeça. Ele estaria sujo de sangue, fantasmagórico? Do lado de fora, silêncio. Não havia ninguém. Os olhos vazios do meu vizinho espiavam pela tela. Eu sabia que ele não se movia havia muito tempo. Não foi ele quem batera. Talvez fosse só um rato andando pelas paredes. Ou minha mente pregando peças. Alguém no andar de cima. Ou ele me assombrando.

Vovô cantava cada vez que eu abria a torneira, então parei de usar a água.

Só faltavam seis dias para eu poder ir para o alojamento. Na farmácia, comprei uma garrafa de água para beber e escovar os dentes. Também comprei álcool gel, um pacote de camisetas brancas e um de calcinhas brancas, além de talco de bebê para controlar a oleosidade do cabelo.

Comi sopa de ervilha.

Ovos mexidos.

Café.

Usei o cartão do banco.

Dei dezoito por cento de gorjeta.

Disse obrigada.

Eles disseram:

— Até mais tarde.
— Até amanhã.
— Temos torta de cereja hoje.
Eu disse "obrigada".
Disse "até mais".
Olhei para os dois lados.
Atravessei a rua.
Liguei a televisão. Vi *Judge Judy*. Risadas gravadas. Always. Dove. Swiffer.
Puxei as cobertas. Ignorei as manchas. Me enfiei embaixo delas como um rato numa parede. Tentei achar a posição certa. Fiquei imóvel. Fiz meus olhos se fecharem.
— Você está bem — eu disse para mim mesma.
E então disse:
— Shhh.

capítulo vinte e três

– **VEM COMIGO** – diz Mabel.

A conversa acabou. Estamos no chão, uma em frente à outra, cada uma encostada em uma cama. Eu devia sentir o alívio do peso que sumiu agora que contei tudo para ela, mas não sinto. Ainda não. Talvez de manhã uma sensação nova surja.

– Prometo que é a última vez que vou pedir. Só vem pra minha casa por uns dias.

Se não fossem as mentiras que ele me contou.

Se Birdie fosse uma mulher idosa com caligrafia linda.

Se fossem apenas seus casacos pendurados no armário, se ele soubesse que seus pulmões estavam pretos e bebesse seu uísque sem desconfiança.

Se eu pudesse parar de imaginar uma cena de leito de morte em que os cobertores duros do hospital estão em cima de sua barriga e suas mãos segurando as minhas. Em que ele diz alguma coisa do tipo "Vejo você do outro lado, marinheira". Ou "Amo você, querida". Então uma enfermeira toca no meu ombro e me diz que acabou, apesar de eu já saber disso pela imobilidade pacífica dele. "Leve o tempo que precisar", ela diz, então eu e ele ficamos ali até a escuridão cair e eu estar forte o suficiente para sair do quarto sozinha.

— Como posso deixar você aqui? — pergunta Mabel.

— Desculpa. Eu vou com você. Um dia. Mas não posso fazer isso amanhã.

Ela puxa a beirada esfiapada do tapete.

— Mabel.

Ela não olha para mim.

Tudo está silencioso. Eu sugeriria irmos para outro lugar, mesmo que só para uma caminhada, mas está muito frio. A luz está perfeitamente emoldurada na janela, um crescente branco no preto do céu, e consigo ver que não neva mais.

— Eu não devia ter só ligado e mandado mensagem. Devia ter vindo atrás de você.

— Tudo bem.

— Ele pareceu doente por tanto tempo. Meio frágil, sei lá.

— Eu sei.

Seus olhos se enchem de lágrimas, e ela olha pela janela.

Eu me pergunto se vê o que eu vejo. Se sente a mesma imobilidade.

Mabel, quero dizer. *Não temos muito tempo.*

Mabel.

Estamos aqui, e a neve parou de cair. Vamos apenas ficar sentadas.

Um tempo depois, estamos lado a lado em frente às pias do banheiro. Parecemos cansadas, mas outra coisa também. Demoro um minuto para identificar. De repente, eu sei.

Nós parecemos jovens.

Mabel passa pasta de dente na escova. Então me entrega o tubo.

Ela não diz "Toma". Eu não digo "Obrigada".

Escovo do jeito circular que me ensinaram. Mabel escova de um lado para o outro, com força. Olho meu reflexo e me concentro em cada dente.

Quando ficávamos assim no banheiro de Mabel, nunca fazíamos silêncio. Sempre havia milhões de coisas sobre as quais conversar, cada assunto tão importante que nossas conversas raramente começavam e terminavam, mas eram interrompidas e continuavam, como fluxos de pensamento deixados de lado para serem retomados depois.

Se quem éramos no passado tivesse um vislumbre de nós agora, o que achariam?

Nossos corpos são os mesmos, mas tem um peso nos ombros de Mabel, um cansaço na forma como encosto o quadril na bancada. Um inchaço nos olhos dela, uma escuridão embaixo dos meus. Mais do que essas coisas, há a separação entre nós.

Não respondi às novecentas mensagens de texto de Mabel porque sabia que acabaríamos assim de qualquer forma. O que aconteceu nos destruiu, mesmo não sendo sobre nós. Porque eu sei que, apesar de todo o carinho e compreensão, quando essa visita terminar e ela voltar para Los Angeles, para Jacob e os novos amigos, para as salas de aula, a roda-gigante de Santa Monica ou para o jantar acompanhado de um livro aberto, Mabel vai ser a mesma que sempre foi: destemida, engraçada e inteira. Ainda vai ser ela mesma, enquanto eu estarei descobrindo quem sou agora.

Ela cospe na pia. Eu também. Lavamos as escovas, *tap-tap*, em sucessão.

As duas torneiras são abertas. Lavamos o rosto.

Não sei em que ela está pensando. Não consigo adivinhar.

Voltamos para o corredor, apagamos as luzes e deitamos cada uma em sua cama.

Meus olhos continuam abertos na escuridão.

— Boa noite — digo.

Ela fica em silêncio.

— Espero que você não pense que por causa de Jacob... — Ela olha para mim em busca de algum sinal de entendimento. Então desiste. — Não é porque eu o conheci que te esqueci. Estava tentando ir em frente. Você não me deu outras opções. Na noite anterior ao dia em que ia sair com ele, mandei outra mensagem de texto. Escrevi: *Se lembra de Nebraska?* Fiquei acordada até tarde torcendo para você responder. Dormi com o telefone ao lado do travesseiro. Bastaria uma palavra sua para eu não ir. Eu teria esperado mais, só que você me ignorou — ela diz. — Não estou tentando fazer com que se sinta culpada. Agora, eu entendo. De verdade. Mas só quero que saiba como foi. Estou feliz agora, mas não estaria com ele se você tivesse me respondido.

A dor quando ela diz isso não é culpa dela. No fundo do meu peito ainda tem um vazio dolorido, espaço, medo. Não consigo me imaginar me abrindo à emoção de beijá-la, não consigo imaginar suas mãos debaixo da minha roupa.

— Desculpa — digo. — Sei que fui eu quem desapareci.

Ainda consigo ver a lua pela janela. Consigo sentir a imobilidade da noite. Consigo ouvir Mabel dizendo que vovô está morto, que *se foi*, parecendo ter muita certeza, e tento sentir essa mesma certeza.

Tento não pensar nela de coração partido, porque fui eu que provoquei isso, mas não consigo segurar e sai com tudo de mim.

— Desculpa — digo de novo.

— Eu sei — diz Mabel. — Eu entendo.

— Obrigada por vir.

As horas se prolongam. Eu fico dormindo e acordando. Em algum momento, Mabel sai da cama e do quarto. Fica fora muito tempo, e eu tento me manter acordada até ela voltar, mas só espero, espero e espero.

Ao acordar com a primeira luz da manhã, Mabel está na cama de Hannah, com o braço cobrindo os olhos enquanto dorme, como se assim pudesse afastar o dia.

capítulo vinte e quatro

QUANDO ABRO OS OLHOS de novo, Mabel não está na cama. Sou tomada pelo pânico de ter perdido sua partida, de ela já ter ido embora sem que eu me despedisse.

Mas sua bolsa está aberta no chão do quarto.

A ideia de Mabel botar a bolsa no ombro e ir embora basta para me encher de dor. Tenho que ocupar o máximo possível os minutos entre o agora e a hora de ela partir.

Saio da cama e pego os presentes que comprei. Queria ter papel de embrulho ou pelo menos umas fitas, mas vai ter que ser com o papel de seda mesmo. Ponho o sutiã e visto a calça jeans e a camiseta. Penteio o cabelo. Por algum motivo, não quero estar de pijama quando descer para acompanhá-la até a porta.

— Oi — diz Mabel ao chegar.

— Bom dia — digo, tentando não chorar. — Já venho.

Faço xixi e escovo os dentes rapidamente para poder voltar para lá, para ela. Chego antes de Mabel fechar a mala.

— Talvez seja melhor enrolar isso nas suas roupas — digo, e entrego o vaso que comprei para os pais dela.

Ela o pega da minha mão e o acomoda no meio das suas coisas. Então faz menção de puxar o zíper, mas eu a faço parar.

— Feche os olhos e abra as mãos — peço.

— Eu não devia esperar? — ela pergunta.

— Muita gente troca presentes na véspera de Natal.

— Mas o que comprei está...

— Eu sei. Não importa. Quero ver você abrir.

Ela assente.

— Feche os olhos — repito.

Mabel obedece. Fico olhando. Desejo tudo de bom para ela. Um motorista de táxi simpático e filas curtas na segurança. Um voo sem turbulência, com o assento do lado vazio. Um bom Natal. Mais felicidade do que cabe em uma pessoa. O tipo de felicidade que extravasa de uma pessoa.

Coloco o sino na palma de suas mãos.

Ela abre os olhos e desembrulha.

— Você reparou — ela diz.

— Testa.

Ela faz o sino tocar, e o som paira no ar enquanto esperamos silenciosamente que passe.

— Obrigada — ela diz. — É tão bonito.

Mabel pendura a bolsa no ombro, e dói tanto quanto eu esperava que doesse. Eu a sigo até o elevador. Quando chegamos à porta, o táxi está esperando num mar de branco.

— Você tem certeza, né? — pergunta.

— Tenho — confirmo.

Mabel olha pela janela.

Morde uma unha.

— Tem certeza de que tem certeza?

Faço que sim.

Ela respira fundo e consegue dar um sorriso.

— Tudo bem. Bom. Vejo você em breve.

Mabel se aproxima de mim e me abraça forte. Fecho os olhos. Vai chegar um momento, a qualquer segundo, em que ela vai se afastar e isso vai ter acabado. Na minha mente, ficamos terminando, terminando. Tento ficar aqui, agora, pelo tempo que pudermos.

Não ligo se o suéter dela arranha. Não ligo se o motorista do táxi está esperando. Sinto a caixa torácica dela se expandir e retrair. Nós ficamos e ficamos.

Até que Mabel me solta.

— A gente se vê logo — eu digo, mas as palavras saem carregadas de desespero.

Estou tomando a decisão errada.

A porta de vidro se abre. O frio entra.

Ela sai e fecha a porta.

Quando eu morei com Jones e Agnes, era a filha deles, Samantha, que fazia meu café da manhã. Pão integral e geleia de maçã todas as manhãs. Comíamos a mesma coisa, empoleiradas nas banquetas da cozinha. Ela ajudava com meu dever de casa se eu tivesse dúvidas, mas me lembro de não querer pedir muita ajuda. Ela sempre franzia a testa e dizia que fazia muito tempo que tinha estudado aquilo. Então acabava entendendo e me ajudava, mas era mais divertido perguntar sobre revistas, porque sobre isso Samantha adorava falar. Entendi o que era dirigir sob o efeito de álcool porque Paris Hilton e Nicole Richie foram pegas fazendo isso. A notícia do casamento de Tom Cruise e Katie Holmes estava em todo lugar. Eu sabia o que esperar a cada nova edição.

Raramente via Jones e Agnes antes da escola, porque eles dormiam até tarde e confiavam à filha meus cuidados matinais. Samantha era muito legal comigo. Ela fazia minhas unhas sem cobrar nada.

Nem tenho mais o número do telefone dela. Faz muito tempo que não mora mais com os pais. Queria ter. Ligo para o salão, para o caso de ter chegado antes de abrir, mas o telefone só toca, toca e cai na caixa postal. Escuto sua voz declarando lentamente o horário de funcionamento e o endereço.

Ando pelo quarto por um tempo, esperando dar dez da manhã em São Francisco. Assim que é uma hora aqui, ligo.

— É você — diz Jones.
— É – digo. – Sou eu.
— Onde está?
— Na faculdade.
Ele fica em silêncio.
— Entendo. Vai passar as festas com amigos arruaceiros?
Ele deve estar fazendo uma avaliação de com quem eu poderia estar, imaginando alguns de nós aqui, um grupo barulhento de órfãos e sem-teto.
— Mais ou menos isso.

Eu devia ter preparado alguma coisa para dizer. A verdade é que só liguei para poder lembrar a ele (e a mim mesma, talvez) que ainda sou parte do mundo. Parece agora ou nunca, e não sei se quero perder o que sobrou da vida que tive com vovô. Tinha certeza disso, mas agora não tenho.

Eu estou prestes a perguntar como Agnes está, mas Jones fala primeiro.

— Está tudo comigo — ele diz — Só para você saber. Caso queira, está tudo aqui na garagem esperando você. Não as camas e a geladeira, nada assim. Mas as coisas de verdade. Organizaram um bazar depois que a casa ficou vazia por trinta dias. Mas o pessoal e eu compramos tudo.

Fecho os olhos: castiçais de metal, o cobertor azul e dourado, a louça da vovó com florzinhas vermelhas.

— Nós todos nos sentimos mal — ele continua. — Achamos que devíamos ter feito alguma coisa. Por você.

— E as cartas?

Silêncio.

Ele limpa a garganta.

— Estão aqui. O senhorio nos deu, hã, as coisas mais pessoais.

— Você pode se livrar delas?

— Posso.

— Mas guarde as fotografias, está bem?

— Ahã.

Penso em todas as fotos que vovô guardou só para ele. Meu maxilar se contrai com o quanto isso é errado. Ele devia ter se sentado ao meu lado e mostrado para mim. Devia ter dito "Acho

que isso foi quando..." ou "Ah, sim, eu me lembro desse dia...".
Ele devia ter me contado todas as formas como eu fazia ele se lembrar dela. Devia ter me ajudado a me lembrar dela. Não devia ter me deixado esquecer.

Jones ainda está em silêncio. Ouço quando limpa a garganta.

— Não sei se lembra de quando seu avô ficou no hospital e você morou com a gente. Ele quase morreu, e não queríamos que voltasse para lá. Queria poder dizer que foi a decisão certa. Queria poder dizer que não percebi que estava mal de novo. Queria mesmo.

Eu inspiro e expiro. Exige esforço.

— Eu achei que ele estava doente.

— Bom, estava. Só que de mais formas do que você pensava.

Jones limpa a garganta de novo. Eu espero.

— Às vezes, é difícil saber a coisa certa a fazer — ele diz.

Faço que sim, apesar de ele não poder me ver. Não dá para negar uma declaração dessas, mesmo com um futuro diferente se desdobrando na minha cabeça, um futuro no qual eu sabia para que eram os remédios do vovô e cuidava para que tomasse todos, no qual ele me levava às consultas e os médicos me diziam em que ficar de olho.

Preciso encontrar uma coisa gentil para dizer, algo que não seja a constatação de que vovô falhou comigo, que Jones falhou conosco. Ele já sabe; consigo ouvir em sua voz.

— Feliz Natal, Jones — finalmente digo, querendo encerrar a conversa.

— Você ficou religiosa de repente? Se seu avô tivesse túmulo, estaria se revirando nele.

É uma piada grosseira, do tipo que os dois faziam na cozinha.

— É só uma coisa que se diz. — Pela janela, vejo que a neve está começando a cair de novo. Não uma tempestade, só flocos esparsos pairando no ar. — Diga para Agnes e Samantha que mandei um beijo. E dê um oi para os rapazes.

Depois que desligo, abro o envelope de Hannah e uma coisa cai de dentro. Uma corrente de flocos de neve de papel. Não tem mensagem dentro. É exatamente o que parece ser.

capítulo vinte e cinco

SETEMBRO

APARECI NO DIA DA ORIENTAÇÃO aos calouros, sem acompanhante, com uma mochila pendurada no ombro, uns biscoitos e a foto de Birdie. Vi a preocupação no rosto de Hannah quando apareci na nossa porta. Mas ela se recompôs e sorriu.

Hannah esticou a mão, mas o choque em seu rosto me sacudiu. Eu estava ali, na faculdade, cercada de garotas da minha idade. Ninguém gritava com a televisão. Ninguém passava horas parado na frente da janela. Ninguém evitava abrir a torneira por medo de fantasmas.

Disse para mim mesma: *Se controle.*

Eu era uma garota normal. Não devia causar preocupação. Era do tipo que tomava banho todo dia, usava roupas limpas e atendia o telefone. Se ficava com medo, atravessava a rua. Tomava café todas as manhãs.

Aquela pessoa parada na porta não era eu.

Apertei a mão de Hannah. Obriguei meu rosto a sorrir.

— Devo estar um desastre! — eu disse. — Tive duas semanas difíceis. Vou colocar minhas coisas aqui e procurar o chuveiro.

Vi alívio nela? Esperava que sim. Pensei em abrir minha bolsa, mas me lembrei de todas as roupas sujas enfiadas lá dentro, no cheiro que emanaria delas, e desisti.

— E vou procurar a lavanderia — disse.

— Segundo andar — explicou Hannah. — E os banheiros ficam depois da esquina. Fizemos um *tour* hoje de manhã.

Sorri de novo.

— Obrigada.

A maioria dos chuveiros ficava em fila, estilo vestiário, mas descobri um banheiro completo com porta que trancava. Tirei a camisa e a calça e deixei que caíssem no chão. Aquele lugar era bem mais limpo do que o hotel.

Tirei a calcinha e abri o sutiã. A garota no espelho parecia selvagem. Com rosto inchado, olhos enlouquecidos, cabelo oleoso. Não era surpresa Hannah ter ficado chocada. Eu também fiquei.

Não tinha sabonete nem xampu. Foi o suficiente para me fazer chorar. Só água não ajudava muito.

Queria um aposento cheio de vapor e cheiro de alfazema ou pêssego.

Havia sabonete líquido ao lado da pia. Botei o máximo que consegui numa mão e abri a porta do chuveiro com a outra. Como se por magia, em uma prateleira havia xampu, condicionador e sabonete de hotel. Abri a torneira e joguei o sabonete líquido amarelo no ralo. Enquanto a água esquentava, examinei os frascos de hotel. Eucalipto. Entrei na água e me fechei no cubículo com azulejos verdes. O pequeno espaço era reconfortante. Eu só ouvia água caindo, ecoando.

O ambiente foi tomado por eucalipto.

Passei xampu e enxaguei até o frasco estar vazio. Lavei o rosto e o corpo com o sabonete. Deixei o condicionador no cabelo por bastante tempo. Na Califórnia, estávamos sempre preocupados com as secas, sempre economizávamos água. Mas eu estava bem longe.

— *Estou bem longe* — sussurrei.

Fiquei bastante tempo na água. Uma eternidade. Eu sabia que podia lavar a sujeira e a oleosidade, mas a selvageria nos meus olhos era mais difícil. A pior parte.

Eu disse para mim mesma para respirar.

Inspirei.

Expirei.

Várias vezes. Até não perceber mais que estava no chuveiro, no alojamento, em Nova York. Até não perceber mais nada.

Vestir roupas sujas era um sacrilégio. Escolhi a menos usada e enfiei o resto na máquina de lavar com sabão comprado na hora. Depois, fui procurar a loja da universidade, desesperada para ter alguma coisa para usar até tudo secar.

Estava um caos. Pais e filhos percorriam os corredores admirando lembrancinhas e reclamando do preço dos livros. Os calouros resmungavam e surtavam; tudo era a coisa mais importante do mundo. Eu parecia invisível, me deslocando silenciosamente entre eles na direção da seção de roupas, a única pessoa solitária lá.

O que encontrei me encheu de espanto.

Não tinha ideia de que um espírito universitário daqueles pudesse existir.

Havia camisetas, polos, moletons, calças e shorts. Calcinhas, cuecas e sutiãs. Pijamas, regatas, meias e chinelos. Até um vestido! Tudo com as cores e a mascote da faculdade. E tão limpo.

Comprei várias coisas, gastei mais de trezentos dólares em roupas. Quando passei o cartão, sufoquei a informação de que meus fundos acabariam. Não logo, mas não ia demorar tanto assim. A não ser que eu encontrasse um jeito de colocar mais dinheiro na conta, estaria dura em um ano.

Pedi para usar o provador quando estava indo embora e vesti uma calcinha e um sutiã limpos. A calcinha tinha uma imagem da mascote na bunda. Era engraçado, mesmo eu sendo a única pessoa que veria. O sutiã era o mais esportivo que eu já tinha tido, mas era bonito mesmo assim. O dia estava tão quente que escolhi o short atoalhado, agradecida pelo fato de ser loura e poder mostrar as pernas mesmo tendo ficado muito tempo sem raspá-las. Por último vesti a camiseta, com as marcas das dobras ainda visíveis.

Eu me olhei no espelho de corpo inteiro.

Meu cabelo estava limpo e liso, ainda um pouco úmido. As roupas tinham caído bem. Eu estava com cheirinho de spa. Parecia uma garota qualquer.

Parei na lavanderia na volta, mas, em vez de botar minhas roupas na secadora, eu as joguei no lixo.

Hannah estava no quarto com seus pais quando apareci de novo. A mãe colocava o lençol na cama. O padrasto estava pendurando um pôster emoldurado de uma produção de *Rent* da Broadway.

— Oi — eu disse da porta.

Quantas vezes você tem a oportunidade de fazer uma coisa de novo e certo? Só podemos causar uma primeira impressão, a não ser que a pessoa que você conheceu tenha um tipo raro de generosidade. Não do tipo que dá o benefício da dúvida, não do tipo que diz: "Quando eu a conhecer melhor, acho que vou ver que ela é legal". Do tipo que diz: "Não. Inaceitável. Você pode se sair melhor. Vamos ver".

— Você deve ser Marin! — disse a mãe dela. — Estávamos loucos para te conhecer!

— É *Ma*rin com a primeira sílaba tônica ou Ma*rin* como o condado? — perguntou o padrasto.

— Como o condado — eu respondi. — É um prazer conhecer vocês.

Apertei a mão dos dois.

Hannah disse:

— É um prazer conhecer você, Marin. — Sorrimos uma para a outra como se o encontro da manhã não tivesse acontecido. — Espero que não se importe de eu ter escolhido este lado.

— De jeito nenhum.

— Sua família já foi embora? — perguntou a mãe de Hannah.

— Na verdade, eles não puderam vir. Estou começando essa história de independência um pouco cedo.

O padrasto de Hannah disse:

— Pode botar a gente para trabalhar! Vamos adorar ajudar.

— Você tem lençol? — perguntou a mãe dela, dobrando o edredom de Hannah.

Balancei a cabeça negativamente. O colchão exposto olhava para mim. Eu me perguntei para quantas outras coisas não tinha me planejado.

— Minha mãe colocou lençóis demais na minha mala — disse Hannah.

— E que bom que fiz isso! — sua mãe completou.

Em pouco tempo, Hannah já parecia habitar seu lado havia meses, enquanto o meu estava vazio, exceto por um lençol com listras vermelhas, um travesseiro macio e um cobertor creme.

— Muito obrigada — eu disse para os pais dela quando iam embora.

Tentei parecer casualmente agradecida, e não como se tivessem salvado minha vida, que era o que realmente tinha acontecido.

E Hannah continuou me salvando. Ela me salvou nunca fazendo perguntas, lendo para mim sobre abelhas, botânica e evolução. Ela me salvou com roupas que me emprestava e não pedia de volta. Ela me salvou guardando um lugar junto ao dela no refeitório, com evasivas rápidas quando as pessoas me faziam perguntas que eu não tinha como responder, com capítulos lidos em voz alta, saídas forçadas do campus, idas ao mercado e um par de botas no inverno.

capítulo vinte e seis

TIRO DUAS TACHINHAS DO POTE na mesa de Hannah e me aproximo do meu quadro de avisos vazio. Prendo a corrente de flocos de neve no alto e envio uma foto para Hannah. Ela responde na mesma hora, dois *high fives* com um coração entre eles. É tão bom. Quero fazer mais. Pego meu vaso novo da sacola e coloco na mesa. Minha peperômia está crescendo, cada folha grande e vibrante. Com cuidado, solto as raízes do pote de plástico no qual ela veio. Viro a terra que sobrou no vaso de Claudia e coloco as raízes no meio, apertando-a em volta. Coloco um pouco de água que sobrou de uma caneca que Mabel estava usando. Vou precisar comprar mais terra quando der, mas por enquanto basta.

Atravesso o quarto e viro para olhar minha mesa. Tem duas tigelas amarelas, um vaso rosa com uma planta verde e uma faixa de flocos de neve de papel.

Está bonito, mas precisa de mais.

Arrasto a cadeira até o armário e subo nela para alcançar a prateleira do alto. Encontro a única coisa lá em cima: a fotografia da minha mãe aos vinte e dois anos, de pé no sol. Pego quatro tachinhas de Hannah e escolho o lugar certo no quadro, à direita dos flocos de neve, então prendo os cantos com as bordas das tachinhas para que segurem a foto sem furar. É uma fotografia grande, provavelmente de vinte por vinte e cinco centímetros, e transforma meu canto.

Não estou dizendo que não me assusta deixar a foto à mostra. Minha mãe em Ocean Beach. A prancha pêssego desbotada pelo sol debaixo do braço. A roupa de mergulho preta e o cabelo molhado. Os olhos apertados e o sorriso enorme.

Tenho medo, sim, mas me parece que é a coisa certa.

Olho para ela.

Tento, tento e tento me lembrar.

Duas horas depois, tomo um longo banho. Deixo a água correr pelo meu corpo.

Quando eu voltar, seja quando for, vou ter que procurar alguma coisa do vovô para espalhar ou enterrar. Não consegui rir da piada de Jones. Na verdade, ela ecoa como as coisas verdadeiras sempre ecoam quando tento negá-las. *Se seu avô tivesse túmulo, se seu avô tivesse túmulo.* Tempo suficiente passou para eu saber que Mabel está certa. Mas outra versão da história surge às vezes, ele indo para as Rochosas com alguns milhares de dólares que ganhou no jogo nos bolsos.

Preciso dar um túmulo a ele para segurá-lo. Eu preciso enterrar alguma coisa para ancorar seu fantasma. Um dia desses, em um futuro não muito distante, vou até a garagem de Jones procurar nas nossas coisas velhas para montar uma caixa de objetos em vez de cinzas e depois encontrar um lugar de descanso para ele. Tiro o condicionador do cabelo. Fecho a torneira e inspiro o vapor.

Vovô usava uma corrente de ouro no pescoço nas ocasiões especiais. Eu me pergunto se Jones a comprou para mim. Eu me seco e me enrolo numa toalha. Volto para o quarto e olho o celular. São só duas horas.

Pego a dica da lista que fiz na minha primeira noite aqui sozinha e faço uma sopa. Pico legumes e cozinho macarrão, então viro uma caixa de caldo de galinha em uma panela.

Depois que junto todos os ingredientes e só tenho que esperar que cozinhem, começo o segundo ensaio do livro sobre solidão, mas minha mente está cheia demais de versões diferentes dos acontecimentos do verão passado. Em uma, eu falho com ele. Paro de ir para casa, então ele para de fazer o jantar; não estou por perto para ver o quanto precisa de mim. Em outra, ele falha comigo. Eu sinto tudo, que ele não me quer por lá, que estou atrapalhando. Por isso, fico longe, por ele e por mim. Para nunca ter que enfrentar sua rejeição. Para poder fingir que sou a coisa mais importante para vovô, como ele é para mim. Porque, se tivermos qualquer sentimento de autopreservação, fazemos o melhor com o que nos é dado.

A mim, foram dados bolos, biscoitos e caronas até a escola. Músicas e jantares com castiçais. Um homem sensível com senso de humor surpreendente e habilidade suficiente na jogatina para ganhar o correspondente a um ano de faculdade particular (mensalidade e alojamento). Aceitei tudo e disse para mim mesma que isso nos tornava especiais. Que significava que éramos uma família como Mabel, Ana e Javier eram, que não estava faltando nada. Éramos mestres da conspiração, vovô e eu. Nisso, pelo menos, estávamos juntos.

Quando os anuários chegaram, não fui direto para o final, como todo mundo, para ver as páginas dos formandos. Fiquei olhando o começo. Vi cada página de garotas do nono ano. Nem as conhecia, mas observei com calma, como se fossem minhas amigas. Estudei as páginas dos clubes, do primeiro ano, dos times. Dos alunos do segundo ano, dos bailes, dos professores, dos dias temáticos. Logo chegou a primeira página do terceiro ano, e li cada citação, olhei intensamente para as fotos de todas aquelas garotas quando bebês. Tantos laços em cabeças carecas, tantos vestidinhos e mãozinhas, tantas fotos para olhar antes de chegar à minha.

    Assim que virei a página, eu me vi.

    Em vez de deixar um espaço em branco onde minha foto de bebê devia estar, as editoras fizeram meu retrato de formanda ser grande o bastante para ocupar os dois espaços. À minha volta estavam minhas colegas bebês e como adolescentes; e ali estava eu, como se tivesse chegado ao mundo com dezoito anos, uma regata preta e um sorriso rígido. Achei que não podia ser a única, mas cheguei ao final e vi que era. Até Jodi Price, adotada aos oito anos, tinha foto de bebê. Até Fen Xu, cuja casa pegara fogo um ano antes.

Naqueles dias e noites no hotel, achei que estava com medo do fantasma dele, mas não estava.

Eu estava com medo da minha solidão.

De como havia sido enganada.

E da forma como me convenci de tanta coisa: de que não estava triste, de que não estava sozinha.

Eu tinha medo do homem que amara e do fato de que ele era um estranho.

Tinha medo de como o odiava.

Do quanto o queria de volta.

Do que havia naquelas caixas, do que um dia eu poderia descobrir e da chance de talvez ter perdido tudo que deixara para trás.

Eu estava com medo do jeito que vivíamos, sem abrir portas.

Eu estava com medo de nunca termos ficado à vontade um com o outro.

Tinha medo das mentiras que contara para mim mesma.

Das mentiras que ele me contara.

Eu estava com medo de que nossas pernas por baixo da mesa não tivessem significado nada.

De que as roupas limpas e dobradas não tivessem significado nada.

De que o chá, os bolos, as músicas, *tudo* não tivesse significado nada.

capítulo vinte e sete

TENHO MEDO DE ELE NUNCA ter me amado.

capítulo vinte e oito

O CÉU DE INVERNO ESTÁ claro, de um cinza intenso. Vejo um pássaro chegar e voar pela janela, um galho fino quebrar e cair.

Eu devia ter ido com ela.

capítulo vinte e nove

ESTOU SENTADA NA CAMA, ENCOSTADA na parede, vendo a neve cair de novo. Quero o trovejar do oceano, um dia frio e seco, a sensação que vem com nuvens pesadas ao longe. Alívio da seca. A novidade de estar em casa. Com lenha na lareira, calor e luz.

Não perguntei a Jones o que ele quis dizer quando mencionou que guardou as coisas de verdade. Se estava falando das minhas conchas. Ou do cobertor azul e dourado. Ou da mesa dobrável da cozinha com as cadeiras. Tento imaginar um apartamento futuro. Minha cozinha com decorações nas paredes. Prateleiras com a minha coleção de cerâmicas.

Não sei se vejo a mesa, as cadeiras e o cobertor. Não sei se eu quero.

Se ficar olhando pela janela, vou ver a neve cair nos caminhos de novo, cobrir as árvores onde partes de galhos começam a aparecer.

Encontro um documentário on-line sobre uma senhora que faz cerâmica todos os dias em sua fazenda. Apoio o computador na cadeira e puxo os travesseiros para assistir. Em dez dias, vai chegar a hora de ligar para Claudia. Espero que ela ainda me queira. Tem várias imagens em close-up das mãos da artesã na argila. Mal posso esperar para sentir isso. Meu corpo está imóvel. O filme é silencioso. Quero nadar, mas não posso. Vai demorar mais de três semanas para que alguém volte, a piscina seja reaberta e eu sinta a emoção do mergulho. Mas eu preciso fazer *alguma coisa*. Neste instante. Meus membros estão implorando.

Paro o filme, levanto e saio do quarto. Tiro os chinelos e sinto o tapete debaixo dos pés. Olho para o corredor comprido e vazio e saio correndo. Vou até o final, depois corro de volta. Preciso de mais, então, desta vez, abro a boca e os pulmões e grito enquanto corro. Encho o prédio histórico com minha voz. Depois, abro a porta da escada, e minha voz ecoa. Corro até o alto, não para ver a vista, mas para me sentir em movimento; corro, grito e corro, até ter percorrido cada corredor de cada andar. Até estar ofegando, suada e saciada, de uma forma diminuta, mas vital.

Volto para o quarto e desabo na cama. O céu mudou, e está cada vez mais escuro. Vou ficar deitada aqui, neste lugar silencioso, olhando pela janela até a noite estar preta. Eu vou testemunhar cada cor no céu.

E é isso mesmo o que eu faço. Me sinto em paz.

São só cinco e meia, e faltam dez dias para eu poder ligar para Claudia, 23 para todo mundo voltar.

Eu estava bem um momento atrás. Vou aprender a ficar bem outra vez.

Coloco o filme de novo e vejo até o final. Os créditos rolam até a tela parar e ficar muda. Tem uma lista de documentários dos quais posso gostar. Vejo sobre o que são, mas não me dou ao trabalho de clicar em nenhum. Só fico deitada. Olho para o teto escuro e penso na porta se fechando entre mim e Mabel. Ela dando adeus de dentro do táxi. As botas já estavam secas, nós as tínhamos deixado ao lado do aquecedor a noite toda, mas ficaram deformadas. Eu me pergunto se ela vai jogá-las no lixo quando voltar para casa.

Mabel deve estar chegando em casa agora. Levanto e estico a mão para pegar o celular. Se ela me mandar uma mensagem, quero ler assim que chegar. Quero responder a cada uma imediatamente. Deito com o celular ao lado. Fecho os olhos e espero.

E, então, ouço uma coisa. Um carro. Abro os olhos. Luz brilha no teto.

Deve ser Tommy vindo ver como eu estou ou dar uma olhada no prédio. Acendo a luz e vou até a janela para acenar.

Mas não é uma picape, é um táxi, que parou bem aqui, na entrada. As portas estão se abrindo. Todas ao mesmo tempo.

Não ligo que esteja nevando; eu abro a janela, porque eles estão aqui.

Mabel, Ana, Javier e o motorista de táxi, abrindo o porta-malas.

— *Vocês vieram?* — grito.

Eles olham para cima e gritam oi. Ana joga beijo atrás de beijo. Saio correndo do quarto e desço a escada. Paro no patamar e olho pela janela, porque tenho certeza de que devo estar imaginando isso. Mabel foi para o aeroporto de manhã. Devia estar em São Francisco agora. Mas eles ainda estão aqui, Mabel e Ana com malas junto aos pés e bolsas penduradas nos ombros, Javier e o motorista lutando com uma caixa enorme no porta--malas. Volto a descer pela escada, correndo, pulando degraus. Estou quase voando. De repente, estou no saguão, e eles se aproximam. O carro vai embora, mas eles ainda estão aqui.

— Ficou brava? — pergunta Mabel.

Mas estou chorando demais para responder. E estou feliz demais para ficar com vergonha de tê-los obrigado a fazer isso.

— *Feliz Navidad!* — exclama Javier, encostando a caixa na parede e abrindo os braços para me abraçar, mas Ana chega primeiro e seus braços fortes me puxam para perto.

Eles ficam em volta de mim, todos eles, braços para todo lado, beijos cobrindo minha cabeça e minhas bochechas, e eu digo "obrigada" sem parar, muitas vezes, até só ficarem os braços de Javier em volta de mim e ele sussurrar no meu ouvido, massageando minhas costas com as mãos quentes e dizendo:

— Shhh, *mi cariño*, estamos aqui agora. Chegamos.

capítulo trinta

QUANDO SUBIMOS, NÓS NOS DISPERSAMOS e começamos a trabalhar. Mabel os leva até a cozinha e eu vou atrás, exausta, mas cercada de luz.

— As panelas e tigelas ficam aqui — ela diz. — E os utensílios estão aqui.

— Assadeira? — pergunta Ana.

— Vou procurar — diz Mabel.

Mas eu me lembro de onde estão. Abro a gaveta embaixo do forno.

— Aqui — digo.

— Precisamos de um liquidificador para o *mole* — diz Javier.

— Eu trouxe o mixer na mala — diz Ana.

Ele a toma nos braços e a beija.

— Meninas — diz Ana, ainda nos braços dele. — Vocês podem montar a árvore? Temos uma hora até o táxi voltar. Depois vamos terminar a lista de compras e voltar para cozinhar tudo.

— Encontrei um restaurante — diz Javier. — Tem cardápio especial de véspera de Natal.

— Que árvore? — eu pergunto.

Mabel aponta para a caixa.

Nós a carregamos até o elevador juntas e subimos para a sala de recreação. Vamos comer a ceia lá, à mesa, depois sentar nos sofás e ficar olhando a árvore.

— A gente pode dormir aqui — digo. — Seus pais ficam no meu quarto.

— Perfeito — ela diz.

Encontramos um lugar para a árvore junto à janela e abrimos a caixa.

— Onde vocês arrumaram isso? — pergunto, pensando nos pinheiros altos que eles sempre compraram e cobriram com enfeites pintados à mão.

— É da nossa vizinha — diz Mabel. — Ela emprestou.

A árvore vem em pedaços. Montamos a parte do meio e prendemos os galhos, peças mais compridas embaixo e mais curtas conforme vamos colocando cada camada. Tudo branco metálico, coberto de luzes.

— Hora da verdade — diz Mabel, e liga na tomada. Centenas de luzinhas se acendem. — Até que é bem bonito.

Faço que sim. Dou um passo para trás.

Vovô carregava as caixas com tanto cuidado para a sala. Abria a tampa e víamos os enfeites embrulhados em papel de seda. Cidra e biscoitinhos. Um par de anjinhos pendurados entre o indicador e o polegar enquanto procurava o galho certo. Uma coisa entala no meu peito. Respirar dói.

— *Minha nossa* — sussurro. — *Isso é que é árvore.*

O restaurante é italiano, com toalhas brancas e garçons de gravatas pretas. Estamos cercados de famílias e gargalhadas.

Ana escolhe o vinho, e o garçom volta com a garrafa.

— Quantos vão apreciar o Cabernet esta noite?

— Todos nós — diz Javier, passando o braço pela mesa como se fôssemos um vilarejo, um país, o mundo todo.

— Que maravilha — diz o garçom, como se as leis sobre bebida não existissem nas festas ou talvez nunca tivessem existido.

Ele serve vinho em todas as taças, e pedimos sopa, salada e quatro massas diferentes. Nenhum prato está espetacular, mas todos são bons o bastante. Ana e Javier guiam a conversa, cheia de anedotas, exuberância e provocações delicadas com Mabel e um com o outro, depois pegamos um táxi para nos levar até o Stop & Shop e esperar enquanto corremos pelos corredores, pegando tudo na lista. Javier xinga ao ver as opções de canela disponíveis, dizendo que nenhuma presta; Ana deixa uma caixa de ovos cair e eles se quebram com um barulho horrível no chão, o líquido amarelo escorrendo; mas, fora isso, compramos tudo o que eles queriam e vamos embora, espremidos e quentinhos com nossas compras no táxi até o alojamento.

— Tem alguma coisa que possamos fazer para ajudar? — pergunto depois que tiramos tudo dos sacos de compras na cozinha.

— Não — diz Javier. — Está tudo sob controle.

— Meu pai é o chef hoje. Minha mãe vai ajudar. Nosso trabalho é não atrapalhar.

— Tudo bem — digo.

Entramos no elevador, mas nenhuma de nós aperta meu andar.

— Vamos para o topo — eu digo.

A vista é a mesma que na primeira noite que subimos, mas parece mais intensa e branca. Apesar de eu não conseguir ouvir Ana e Javier cortando, misturando e rindo, sinto que estamos menos sozinhas.

Mas talvez não tenha a ver com eles.

— Quando você decidiu fazer isso? — pergunto a ela.

— Achávamos que você iria comigo. Era nosso único plano. Mas quando percebi que havia uma boa chance de não conseguir convencer você, bolamos um outro plano.

— Ontem à noite — digo. — Quando você estava no celular...

Ela assente.

— Estávamos planejando. Eles queriam que eu contasse, mas eu sabia que você poderia ceder e acabar voltando antes de estar pronta. — Ela leva a mão até a janela. — Nós entendemos. Faz sentido você não querer voltar ainda.

Ela tira a mão da janela, mas a marca fica lá, um ponto de calor no vidro.

— Quando eu estava esperando meus pais no aeroporto, fiquei pensando em uma coisa que queria perguntar para você.

— Tudo bem — eu digo.

Ela fica em silêncio.

— Pode perguntar.

— Eu só queria saber se você está interessada em alguém aqui.

Ela fica vermelha e nervosa, mas tenta esconder.

— Ah... Não. Não ando pensando nisso.
Ela parece decepcionada, mas sua expressão muda lentamente.
— Vamos pensar nisso agora — ela diz. — Deve haver *alguém* por aqui.
— Você está fazendo de novo — digo. — É igual ao que fez com Courtney e Eleanor.
Ela balança a cabeça.
— Não é igual. É que... eu ia me sentir melhor. *Você* também ia se sentir melhor.
— Não preciso estar com uma pessoa para que não tenha problema você ter um namorado. Está tudo bem.
— Marin. Só estou pedindo para você pensar. Não estou dizendo que precisa tomar uma decisão, se apaixonar ou fazer algo que complique sua vida.
— Estou bem assim.
Mas ela não recua.
— Vamos lá. *Pense.*
Estamos em uma faculdade de Nova York, não numa escola católica. Muitas garotas aqui usam pulseirinhas de arco-íris ou broches de triângulo rosa e falam com casualidade sobre ex-namoradas ou dizem que a coordenadora do programa de estudos femininos é gata. Nunca participei disso, mas só porque não falo sobre as coisas que deixei para trás. Mas acho que reparei, apesar de ter tentado me fechar. Apesar de tudo, notei algumas garotas.
— Você está pensando em alguém — provoca Mabel.
— Não exatamente.
— Me conta — ela diz.

Consigo ver o quanto ela quer isso, mas não tenho vontade de falar. Mesmo que *houvesse* alguém, como eu poderia ficar dizendo para mim mesma que estou bem com tão pouco, que só preciso da amizade de Hannah, da piscina, dos fatos científicos, das minhas tigelas amarelas e de um par de botas de inverno emprestado, se eu falasse o nome de uma garota em voz alta? Ela se tornaria uma coisa que eu desejava.

— Ela é bonita?

É coisa demais saindo dela, a expressão nos seus olhos é sincera demais e estou muito sobrecarregada para responder. Acho que Mabel precisa disso, que a gente siga em frente, mas parece outra perda. Pensar que outra garota é bonita, e não de um jeito que um monte de gente no mundo é bonita, mas bonita de uma forma que pode querer dizer alguma coisa para mim. Olhar para o cabelo escuro de Mabel, tentar não fixar o olhar na boca rosada e no cabelo comprido e dizer isso. Pensar que uma garota que é praticamente uma estranha pode ser a próxima pessoa que vou amar. Pensar que ela vai tomar o lugar de Mabel.

Mas penso no calor dela no sofá-cama. Penso em seu corpo no meu e sei que muita coisa do que senti naquela noite foi por ela, mas também não foi. Talvez eu já esteja com esperanças desse sentimento de novo, com uma pessoa nova. Talvez só não soubesse.

Algo em mim está se abrindo, a luz que passa é tão forte que dói, e o resto ainda está aqui, ferido, apesar de eu saber que é melhor assim.

— Aquela noite na praia — diz Mabel. — E os dias depois, até a escola terminar e por todo o verão...

— O que tem?
— Eu achei que nunca amaria outra pessoa.
— Eu também.
— Acho que a gente devia ter percebido.
— Não sei se devia — digo.
Eu fecho os olhos. Aqui estamos nós, na Ocean Beach. Aqui está a garrafa de uísque, na areia, o som das ondas quebrando, o vento frio, a escuridão, o sorriso de Mabel na minha clavícula. Aqui estamos nós, naquele verão espetacular. Somos pessoas diferentes agora, mas aquelas garotas eram mágicas.
— Fico feliz de a gente não saber na época — digo.
— Acho que você está certa. Teria sido mais simples, mas...
Nossos olhares se encontram. Nós sorrimos.
— Vamos ver um filme?
— Vamos — concordo.

Damos uma última olhada pela janela à noite, e eu envio um desejo silencioso a todo mundo lá fora para que tenha esse tipo de calor. Pegamos o elevador. As paredes de mogno, o candelabro. As portas nos fecham lá dentro e começamos a descer. Quando se abrem de novo, estamos na sala de recreação, na frente de uma árvore metálica, cintilante, branca. Não é como os abetos do vovô, mas é perfeita à sua própria maneira.

— Quem quer que ela seja, talvez eu a conheça um dia — diz Mabel.

— Talvez um dia.

Falo com tanta incerteza, mas quem sabe? "Um dia" é uma expressão tão aberta. Pode querer dizer amanhã, ou daqui a décadas.

Se alguém me contasse quando eu estava encolhida embaixo dos cobertores do hotel que Mabel e eu íamos nos encontrar novamente, que eu contaria a ela a história do que tinha acontecido e ia me sentir um pouco melhor, com um pouco menos de medo, eu não teria acreditado. E só se passaram quatro meses, o que não é muito tempo.

Não digo que talvez eu conheça Jacob, apesar de saber que deveria. Tem uma chance maior de isso acontecer, e é mais iminente. Mas não consigo dizer ainda.

— Olha. — Mabel está na frente da TV, vendo as opções de filmes. — É *Jane Eyre*. Você já viu esse?

Faço que não. Só vi a versão em preto e branco.

— O que acha? Em homenagem à nossa noite sem eletricidade? — Hesito, e ela diz: — Ou podemos escolher uma coisa mais leve.

Mas por que não? A história está na minha cabeça, já a conheço tão bem. Não vai haver surpresas, então concordo.

Começa com Jane quando jovem, correndo de Thornfield, chorando. Outra imagem e ela está sozinha numa paisagem desolada. Um céu em chamas, trovão, chuva. Ela acha que vai morrer. O filme volta no tempo e Jane é uma garotinha, então vemos como tudo começou.

Vovô montava aquela árvore todo ano. Pegava os enfeites que a esposa e a filha haviam comprado e fingia ser um homem que perdera demais e sobrevivera. Ele fingia, por mim, que sua mente e seu coração não eram lugares escuros e complicados. Fingia que morava em uma casa comigo, sua neta, para quem ele cozinhava e a quem muitas vezes levava à escola e ensinava coisas importantes sobre como remover manchas e economizar dinheiro, quando na verdade morava em um quarto secreto com as mortas.

Ou talvez não. Talvez seja mais complicado.

Existem graus de obsessão, de percepção, de dor, de insanidade. Naqueles dias e noites no quarto de hotel, pesei todos. Tentei entender o que tinha acontecido, mas fracassei. Cada vez que eu achava que podia ter entendido, a lógica se partia e eu era jogada de volta no desconhecido.

O desconhecido é um lugar escuro.

É difícil se render a ele.

Mas acho que é onde moro a maior parte do tempo. Acho que é onde *todos* nós vivemos, então talvez não precise ser tão solitário. Talvez eu consiga me acomodar, me aconchegar, construir um lar na incerteza.

Jane está no leito de morte da tia cruel agora. Ela a perdoa e volta para casa. E lá está o sr. Rochester, esperando-a em todo o seu heroísmo byroniano. Ela não sabe se deve confiar nele ou ter medo. A resposta é: ambos. Tem tanta coisa que ele ainda não contou. Sobre sua esposa, trancada no sótão. Tantas mentiras por omissão. O golpe que ele vai dar nela, o jeito como vai fingir ser outra pessoa para penetrar no seu coração. O sr. Rochester vai assustar Jane, e seu medo vai se provar justificado.

Tem tanta coisa que eu podia ter descoberto se tivesse ido para casa depois da delegacia. Poderia ter deixado as janelas bem fechadas para o fantasma dele não entrar nem revirar as coisas da minha mãe. Eu poderia ter tocado em todas as fotos. Poderia ter lido as cartas em busca de pistas dela. Devia haver dicas do seu passado lá, misturada com os sonhos de vovô envolvendo a vida dela no Colorado. Haveria tanto sobre minha mãe para descobrir, mesmo que metade não fosse verdade.

— Aí vem — diz Mabel.

Eu também sinto o pedido se aproximando. Primeiro a angústia, depois o amor. Rochester não merece Jane, mas a ama. Ele sente tudo o que diz, mas é um mentiroso. Espero que esse filme mantenha as palavras de Brontë. São tão lindas. E, sim, lá estão elas.

— "Tenho uma sensação estranha em relação a você. Como se eu tivesse uma corda em algum lugar embaixo das minhas costelas esquerdas, amarrada em uma corda igual em você. E, se você fosse embora, temo que essa corda da comunhão se partiria. E tenho a sensação de que eu sangraria internamente."

— *Como no quadro das duas Fridas* — sussurra Mabel.

— É.

Jane diz:

— "Sou um ser humano livre com vontade independente, que agora exerço para deixar você."

E talvez ela devesse ir até o fim, talvez *devesse* partir. Sabemos que isso pouparia Jane de muitas mágoas. Mas parece tão melhor agora dizer sim, ficar, e Mabel e eu estamos arrebatadas pela história. Por um tempo, me leva para fora de mim mesma. Por alguns minutos, Jane acredita que vai ser feliz, e eu também tento acreditar.

Perto do final do filme, Ana e Javier entram na sala carregando presentes. Eles os colocam embaixo da árvore e veem conosco quando Jane anda pela destruição em Thornfield para reencontrar Rochester.

Eles vão embora quando os créditos sobem e voltam com mais presentes.

— O pacote ainda está na sua mala? — pergunto a Mabel.

Ela faz que sim, e eu o encontro. Parece malfeito em comparação com os embrulhos deles, mas estou feliz de ter comprado alguma coisa. Entendo agora por que Mabel tentou esperar para abrir o presente dela, e fico triste de não ter outra coisa para lhe dar.

Javier ri da árvore branca. Ele balança a cabeça.

Ana dá de ombros.

— É kitsch. Achei legal.

Um silêncio se espalha. Sei que está tarde.

— Mabel — diz Javier. — Você pode vir aqui comigo por um momento?

Ficamos só Ana e eu no sofá ao lado das luzes cintilantes. Quando ela vira para mim, percebo que essa nossa solidão foi orquestrada.

— Tem uma coisa que eu quero contar para você — Ana diz.

Seu rímel está manchado embaixo dos olhos, mas ela não parece cansada.

— Posso? — ela pede, e segura minha mão.

Eu a aperto, esperando que solte em seguida, coisa que ela não faz.

Ana diz:

— Eu quis ser sua mãe. Desde a primeira vez que vi você, quis isso.

Tudo em mim se arrepia. Meu couro cabeludo, meus dedos, meu coração.

— Você entrou na cozinha com Mabel. Tinham catorze anos. Eu já sabia algumas coisas a seu respeito, a nova amiga da minha filha, Marin, que morava sozinha com o avô, amava ler e conversar sobre livros. Vi você olhar ao redor. Tocou na pomba pintada em cima da pia quando achou que ninguém estava olhando.

— Não gosto mais — eu digo de repente.

Ela parece confusa.

— De ler — digo.

— Mas provavelmente vai voltar a gostar. E, mesmo que não volte, não importa.

— Mas e se importar?

— O que você quer dizer?

— E se eu não for a garota que entrou na sua cozinha?

— Ah — ela diz. — Entendi.

O aquecedor faz um ruído; ar quente entra. Ana se recosta para pensar, mas continua segurando minha mão.

Estou tornando as coisas mais difíceis para ela. Só quero dizer sim.

— Mabel nos contou tudo. Sobre vocês duas. Sobre seu avô e como ele morreu. Sobre o que você descobriu. — Lágrimas enchem seus olhos e caem, mas ela nem parece perceber. — Tragédia — ela diz. — Sofrimento. — Ana para e verifica se estou olhando para ela. — *Traição.* — Seus olhos estão grudados nos meus. — Entende? Eles me esperaram no saguão da delegacia e eu saí pela porta dos fundos. Não liguei nem uma vez. Fiz Mabel vir aqui atrás de mim, e fiz o mesmo com os dois.

— Desculpe — digo.

— Não, não — ela diz, como se eu tivesse pedido para usar sutiã preto em um baile da escola. — Não com a gente. Com você.

— Ah.

— Essas coisas mudam uma pessoa. Se passamos por elas e continuamos iguais, tem alguma coisa errada. Mas você se lembra dela? Da pomba na minha cozinha?

— Claro — digo.

Penso na cabeça lindamente pintada. Penso nas asas de cobre.

— Você ainda é você — diz Ana. — E ainda quero ser sua mãe. Você ficou sozinha por mais tempo do que percebeu. Ele fez o melhor que podia. Tenho certeza disso. Seu avô a amava. Não há dúvida. Mas, desde aquela noite em que ligou pedindo ajuda para mim e para Javier, estamos esperando o momento de dizer que queremos você na nossa família. Teríamos dito naquela manhã, mas você não estava pronta.

Ela limpa as lágrimas dos meus olhos, mas outras caem depois.

— Diga sim — ela pede.

Ana encosta a boca na minha bochecha. Meu coração incha, meu peito dói.

— Diga sim.

Ela coloca meu cabelo atrás da orelha, afastando-o do meu rosto molhado. Não consigo parar de chorar. É bem mais do que um quarto com meu nome na porta. Mais do que copos de água na cozinha deles.

Ana me toma nos braços até eu ficar menor do que sabia que podia. Até eu me encaixar no seu peito, a cabeça aninhada no ponto em que seu pescoço se junta ao ombro; ofego, porque penso numa coisa.

Eu achava que a Ocean Beach faria isso, ou talvez as conchas rosadas, ou olhar a foto dela. Achei que uma dessas coisas um dia ia me ajudar a lembrar.

Mas acontece agora.

O cabelo salgado da minha mãe, os braços fortes, os lábios no alto da minha cabeça. Não o som de sua voz, não as palavras, mas a sensação dela cantando, as vibrações do seu pescoço perto do meu rosto.

— Diga sim — pede Ana.

Minha mãozinha segurando uma blusa amarela.

A areia e o sol.

Seu cabelo me protegendo como uma cortina.

Seu sorriso quando olhava para mim, transbordando amor.

É tudo de que me lembro, e é tudo.

Ainda estou ofegante. Ainda estou abraçando Ana com força. Se ela soltar, a lembrança pode sumir. Mas ela não me solta por muito tempo, e quando o faz segura meu rosto entre as mãos e repete:

— Diga sim.

A lembrança ainda está aqui. Ainda consigo sentir. Tenho outra chance e a aproveito.
— Sim — eu digo. — Sim.

Nós estávamos em uma praia. Fazia um sol forte e eu estava nos braços da minha mãe. Ela cantava para mim. Não consigo lembrar a música, mas consigo ouvir o tom da sua voz; quando parou, ela apoiou o rosto na minha cabeça. O mundo todo estava lá fora. Abelhas e árvores. Piscinas e mercados. Homens com olhos vazios, sinos em portas de lanchonetes, hotéis tão desolados e solitários que chega a doer. Mabel, Ana e o homem que vovô ia se tornar, ou talvez já fosse. Cada dia e cada beijo. Cada tipo específico de sofrimento. O mundo todo continuava lá fora, mas eu estava nos braços da minha mãe e ainda não sabia.

agradecimentos

Alguns meses depois que meu avô morreu, numa época em que eu chorava cada vez que pensava nele, minha esposa, Kristyn, disse: "Tenho uma ideia de história para você. E se escrever sobre uma garota que mora perto da Ocean Beach com o avô?". Isso ficou na minha cabeça. No aniversário de um ano da morte dele, nossa filha, Juliet, nasceu. No primeiro verão dela, fiz uma caminhada sozinha até o café do bairro e, de repente, as vozes de Marin, Mabel e vovô surgiram para mim em trechos de diálogo e na saudade dilacerada da protagonista. Acho que Kristyn estava com um tipo de história diferente na cabeça, porque o amor que meu avô e eu tínhamos era descomplicado e, com exceção das piadas e do baralho, ele não tinha quase nada em comum com o avô de Marin. Mas escrevi o livro durante uma época de turbulência e desilusão que era um contraste intenso com o amor mágico da nossa nova família, e este livro é o ápice disso tudo. Kristyn, obrigada pelas sementes dessa história e por seu amor vigoroso e determinado. E à minha doce, curiosa e levada Juliet, obrigada por me tornar a pessoa capaz de escrever este livro.

Envio um agradecimento de coração ao meu grupo de escrita — Laura Davis, Teresa Miller e Carly Anne West —, que me garantiram desde o começo que, apesar dos meus medos, este livro não consistia só de fazer comida e lavar tigelas. Agradeço a Jules LaCour pela ajuda com o espanhol e a Adi Alsaid por compartilhar seu conhecimento cultural. Agradeço a Jessica Jacobs, minha parceira original de crítica, pela leitura final inestimável, e a Amanda Krampf pelas milhares de conversas no caminho.

Quando este livro sair, eu e minha família da Penguin estaremos completando dez anos gloriosos juntos. Agradeço a Julie Strauss-Gabel, entre muitas outras coisas, por aquela longa discussão em um almoço em São Francisco, durante a qual ela me ajudou (de novo) a desenterrar o coração da minha história e acreditar que era suficiente. A muitos mais livros juntas. Minha gratidão enorme e eterna ao time Dutton: Melissa Faulner, Rosanne Lauer, Anna Booth e Anne Heausler; às designers que deram uma cara tão bonita para esta história: Samira Iravani e Theresa Evangelista; e à minha incrível agente de publicidade Elyse Marshall. E agradeço a todos que, agora que o livro terminou, estão trabalhando para que encontre um lugar nas livrarias, bibliotecas, escolas e na internet. Vocês são mágicos.

Sara Crowe, tenho tanta sorte de ter você ao meu lado. Obrigada por tudo.

Finalmente, à minha família e aos meus amigos, sou grata a cada um de vocês.

SUA OPINIÃO É MUITO IMPORTANTE

Mande um e-mail para opiniao@vreditoras.com.br
com o título deste livro no campo "Assunto".

1ª edição, set. 2017 | 1ª reimpressão, nov. 2019
FONTE Carre Noir Std Medium 11,25/13,5pt
         Emmascript MVB Std Regular 24/28,8pt
PAPEL Luxcream 60 g/m²
IMPRESSÃO Lisgráfica
LOTE L47514